双葉文庫

口入屋用心棒

仇討ちの朝

鈴木英治

目次

仇討ちの朝　口入屋用心棒

第一章

一

湯瀬《ゆせ》直之進《なおのしん》は腕に力をこめ、足を踏んばった。きしんだ音を立てて荷車がとまり、土煙があがった。春らしいあたたかな風が吹きすぎ、土煙は中空へ吸いこまれてゆく。

米田屋《よねだや》の暖簾《のれん》が揺れている。

「よし、着いたぞ」

梶棒を地面に静かに置いた直之進は、したたる汗をぐいっとぬぐった。陽射しはやや陰りを帯びているが、少し暑く感じる。

直之進は、荷車のうしろについている米田屋のあるじ光右衛門《みつえもん》を見た。

光右衛門は、額に光る汗を手ぬぐいでふき取っている。汗まみれではあるが、疲れているようには見えない。

だが光右衛門は五十七だ。商売で毎日歩きまわっているとはいえ、荷車を押し続けたのがこたえないはずがない。

「一休みするか」

「大丈夫ですよ。なんといっても、鍛え方がちがいますからね」

力こぶをつくってみせた。強がりをいっているようには見えない。

「それならはじめよう」

直之進は、家財をくくりつけてある綱をほどきにかかった。

「本当にありがとうございます」

ずっと荷車についていたおあきが頭を下げる。

綱を手に直之進は小さくかぶりを振った。

「礼をいわれるほどのことではないさ。おまえさんたちには世話になっているしな。それより疲れてないか」

「大丈夫です」

直之進は、おあきのそばに立つ祥吉《しょうきち》に目を向けた。

「祥吉はどうだ」

しばらく直之進を見つめていたが、なにもいわずに祥吉はおあきのうしろに隠れてしまった。

「祥吉、これ」

おあきが叱るが、祥吉は母親の腰にしがみつき、顔を押しつけている。

「……すみません」

「いや、気にすることなどない」

おあきのせがれの祥吉が、暗い表情をしているのは仕方のないことだ。なにしろ父親の甚八《じんぱち》を失ったばかりだからだ。

博打好きの遊び人で、いつもからっけつだった甚八だが、僧侶相手の上等の女郎屋をはじめたことで金に困らなくなった。しかしその商売があまりにうまくいきすぎたことで、あがりの独り占めを狙った篤造《とくぞう》というやくざ者の親分に殺された。

篤造や一家の者たちのほとんどはすでに獄門が決まっているが、甚八が死んでから半月ほどがたった程度では、五歳の祥吉に元気をだせ、というほうが無理だろう。

「お帰りなさい」

米田屋から二人の娘が出てきた。おきくとおれんだ。二人は光右衛門の娘で、おあきの妹だ。

えらが張り、目の細い光右衛門の娘とは思えないほど、三人は美しい。

光右衛門の顔を見たあと姉妹に目をやると、直之進はいまだに、本当に光右衛門の子なのか、と疑いたくなる。死んだ女房はとてつもなく美しかったのではあるまいか。

光右衛門がどうしてそんな女を女房にできたか興味はあったが、その話をきくのは次の機会に譲ろう、と直之進は思った。

おきく、おれんも荷物をおろすのを手伝いはじめた。

そんなにたくさんの荷物はない。もともと家財をそろえられるほど、甚八に稼ぎはなかった。稼ぎができた途端、逝《い》ってしまったのだ。

大物は箪笥くらいで、これは嫁入りの際、光右衛門が持たせたものらしい。

おあきと祥吉が米田屋に引っ越すのを決意したのは、光右衛門の説得によるものだ。

最初おあきは、あの人と暮らした家だから、と移るのを拒んだようだ。

しかし家は借り家で、これまでも光右衛門が家賃を支払っているのも同然だった。それに加えて、光右衛門がおあきに、店の手伝いをしてほしい、といったのがきいた。

直之進が巻きこまれた事件の流れで、口入《くちいれ》を生業《なりわい》としている米田屋に沼里家中との大きな取引ができたりして、光右衛門が手を欲しているのは事実で、決して憐れんで引き取ろうとしているわけではないとの気持ちが、おあきにしっかりと伝わったのが大きかったのだ。

おあきの家での荷物の運びだしは、朝はやくからはじめた。もう昼に近い刻限だが、これならあと半刻ほどで終わるだろう。

おあきと祥吉が暮らすことになる部屋は、裏庭に面した一番奥の部屋だ。おあきが嫁ぐまでつかっていた部屋で、その後は光右衛門たちの荷物が置かれていたという。

おきくとおれんがすでに掃除をすませ、おあきたちが落ち着くのを待つだけになっている。

甚八の死から半月もたって引っ越しをはじめたのは、甚八の初七日が終わるのを待ったこともあったが、おあきや祥吉の気持ちが落ち着くのも待ったのだ。

「よお、やっておるな」

光右衛門と箪笥を荷車からおろそうとしていた直之進は、声のしたほうに顔を向けた。

「琢ノ介《たくのすけ》でないか」

琢ノ介のうしろには中西道場の門人たちがいる。五人だ。琢ノ介は中西悦之進《なかにしえつのしん》という道場主のもとで、師範代をしている。

「手伝いに来たぞ」

「琢ノ介、おそいぞ」

「すまん。みんな、仕事持ちなんでな、集まるのがおくれた」

まだ昼前のこんな刻限に来てくれたということは、仕事を無理に終わらせるか、抜けだしてきた者たちばかりなのだ。

「あっしがやりますよ」

琢ノ介を追い抜くように前に出てきたのは、弥五郎《やごろう》だ。

「いいのか」

「湯瀬さまのほうじゃなく、ご老体のほうですよ」

「ご老体？」

光右衛門がつっかかる。

「弥五郎、米田屋とは初対面か」

直之進は口をはさんだ。

「ええ、そうですよ」

はじめて会ったのにこういう遠慮のない口のきき方は、いかにも江戸者だ。

弥五郎が名乗り、光右衛門が名乗り返す。

「弥五郎さん、よく来てくれなすった。ありがとうございます」

「そんなのはなしにしましょうや。同じ江戸に住む者同士、力を合わせるのは当たり前のことでしょうぜ」

「でも、ご老体はやはり勘弁していただきたいですなあ」

「ああ、失礼を申しあげやした」

弥五郎が光右衛門と代わった。

「じゃあ、直之進のほうはわしが」

琢ノ介が進み出る。

「大丈夫か」

直之進は危ぶんだ。

「当たり前だ。もし腰を痛めたら、医者代はおぬしがもってくれればよい」

琢ノ介が腰を痛めるようなことはなく、無事に簞笥は部屋に運びこまれた。男手が一気に六人も増えたのは大きく、すべての引っ越し荷物はあっという間に荷車から消え去った。

「お昼にしましょう」

おきくがみんなに声をかける。

「待ってたよ」

琢ノ介がにこにこしていう。

「琢ノ介、おぬし、たいして働いておらんだろうが」

「直之進、そういうな。もともと飯を目当てに来たようなものだ」

直之進たちは居間に案内された。

直之進はなつかしい思いにとらわれた。米田屋には光右衛門の警護についたり、殺し屋の佐之助《さのすけ》との死闘のあと傷養生《きずようじょう》をさせてもらったりして、長いこと滞在している。まだこの店を出てからそんなにたっていないが、久しく来ていなかったような気分になった。

居間に用意されていたのは、おきくとおれんがつくったおにぎりだ。それが大皿一杯に盛られている。

「こりゃいいな」

琢ノ介が目を輝かせている。

直之進もうれしかった。子供の頃からどうしてか、握り飯が大好きなのだ。なかに入っているのは梅干しと昆布だ。

直之進はまず梅を選んだ。おきくによれば、丸く握ってあるのがそうだという。

ほどよいかたさに炊きあげられた飯を噛み締めると、ほろほろとほどけてゆく。そのあとにくる梅の酸っぱさが、体の疲れを水で流すように取ってくれる。昆布のほうは醤油でわざと辛めに煮つけてあるらしく、口中で飯と一緒になると旨みが立ちあがってきていくつでも食べられる。

「うまいなあ、直之進」

琢ノ介は両手に握り飯を持って、交互にかぶりついている。

「たいして働いておらぬのに、よくそんなに入るな」

「これだけうまきゃ、腹が空《す》いてなくとも入るさ。朝飯を食っとらんから、もともと空きっ腹なんだが」

琢ノ介が一つを口に放りこみ、咀嚼した。おあきに目を向ける。

「おあきさん、少しは落ち着いたか」

うつむくようにして食べていたおあきが顔をあげる。

「はい、平川《ひらかわ》さま、ありがとうございます。だいぶ」

「そうか、そいつはよかった。――祥吉、おまえ、食べてないな。腹が空いてないのか」

祥吉は握り飯を持っているが、食べようとしない。どこかうつろな目だ。まだ甚八の死を信じていないように見える。

「食べる気がせんか。でも、食べないと元気が出んぞ。そんな姿、おっかさんを悲しませるだけだぞ。おっかさんだけじゃない。おとっつあんもだ」

祥吉が驚いたように琢ノ介を見た。じわっと涙が目にたまる。

「なんだ、泣くつもりか」

琢ノ介が笑いかける。

「泣くなら泣け。そのほうがきっと腹も空くだろう」

「平川さま」

おあきがとがめる。琢ノ介がいいんだ、というように首を縦に振ってみせる。

「食べても食べなくとも、もうおとっつあんは戻ってこない。それは祥吉、認めるしかないんだ。それだったら、食べたほうがいい。おきく、おれんが心をこめて握ったおにぎりだ。うまいぞ」

祥吉は握り飯を大皿に戻し、立ちあがった。畳を蹴って部屋の外に出ていった。

「あっ」

おきくとおれんが追いかけていった。

「いいすぎたかな」

琢ノ介は月代《さかやき》をかいた。

「いいえ、あれでいいと思います」

おあきが静かな口調でいう。

「いつまでもあれでは……。私もいおうと思っていたんですけど、いえずにいました。平川さま、ありがとうございました」

「いや、頭を下げられると恐縮してしまうな」

祥吉は戻ってこない。二人で慰めているのだろうな、と直之進は思った。

しばらく皆は押し黙っていた。握り飯に手をだす者もいない。

「ねえ、湯瀬さま」

通夜のような沈黙を破ったのは弥五郎だ。

ほっとして直之進は顔を向けた。

「もっと道場に来てくださいよ。あっしは湯瀬さまともっと立ち合いたいんです」

「かまわんぞ」

「ちょっと待て、弥五郎」

琢ノ介がむくれる。もっとも、琢ノ介も弥五郎に救われた顔だ。

「わしでは不足か」

「不足ということはないですが、少し物足りないですかねえ」

「不足なんじゃないか」

「はっきりいえばそうなんですがね」

「でもおまえ、わしにまだ勝ったこと、ないだろうが」

「師範代に勝つために湯瀬さまに鍛えてもらうんじゃないですか」

「なるほど、そういう算段か」

琢ノ介が握り飯に手をのばした。

「まだ食うのか」

直之進はあきれた。

「うまいからな。ところで直之進、富士太郎《ふじたろう》はどうした。珠吉《たまきち》と一緒に手伝いに来るっていってなかったか」

富士太郎は南町奉行所の定廻り同心で、珠吉は忠実な中間だ。

「確かにいっていたが、来ないというのは、なにか事件でもあったのかもしれんな」

「おぬしにぞっこんの富士太郎が来ないなんて、よほど重大な事件が起きたのかもしれんなあ」

「ぞっこんはよせ」

だが琢ノ介のいう通りかもしれん、と直之進は思った。そういう理由でもなければ、あの富士太郎がやってこないなど、あり得そうになかった。

二

樺山《かばやま》富士太郎は顔をしかめた。

「珠吉、ひどいねえ」

「ええ、すごいですね」

目の前に仰向けに横たわっているのは、斬殺された死骸だ。一刀のもとに袈裟に斬られており、二つに裂けた着物のあいだから赤黒く盛りあがった肉が見えている。

血はすでに流れきってしまったようで、死骸のかたわらに色のちがう土をつくりあげていた。金気《かなけ》のような生臭いにおいが充満している。

富士太郎は鼻をつまみたくなったが、それは仏に対して失礼だろう。

珠吉がそんな富士太郎を穏やかな目で見ている。

「なんだい」

珠吉がにっと笑った。

「いえ、なんでもありやせん」

「変なやつだねえ」

富士太郎はあらためて死骸に目を落とした。死骸は目と口をあけている。瞳には無念そうな光がたたえられているようで、最期にどんな光景を目にしたか、今にも語りだしそうだ。

「まだ若いね」

「二十四、五といったところですか」

「いつ殺《や》られたんだろう」

「福斎《ふくさい》先生がいらっしゃればはっきりするんでしょうけど、この仏さん、もうだいぶかたくなってますからねえ、昨夜というのは疑えないと思いますよ」

福斎というのは、奉行所が頼んでいる検死医師だ。

「まあ、そうだろうね」

富士太郎は目をあげた。福斎先生はまだかね、と捜してみたが、視野に入ってはこない。

富士太郎たちがいるのは本郷四丁目で、真光寺《しんこうじ》という寺のそばだ。目の前に、加賀百万石の広大な上屋敷の塀が見えている。

「ねえ、珠吉」

富士太郎は声を低めた。

「この前田家のお屋敷、いったい何坪あるか、知っているかい」

「なんで今、そんなことをきくんですかい」

「知らなかったら、教えてあげようと思ってさ」

「さあ、知りませんねえ」

「驚いちゃいけないよ」

「十万坪くらいですか」

富士太郎は出鼻をくじかれた。

「なんで先にいっちゃうんだよ」

「驚くなっていわれれば、だいたい見当がつきますよ」

「まあ、そうだろうね」

ふう、とため息をついて富士太郎は片膝をついた。

「しかし珠吉、この傷はすごいね」

「まったくですね」

二人は死骸の傷口をじっと見た。どうしてもそこに目がいってしまう。

「佐之助の仕業かな」

さあて、と珠吉がいう。

「どうでしょう。あの男ならこのくらいの傷、残すのはわけないでしょうけど……」

「ふむ、珠吉のいう通りだろうね。あの男、直之進さんにやられた傷がまだ治りきっていないだろうから、これだけの傷をつけるのはまず無理だね」

「あっしはそう思います。佐之助ほどの手練になれば人を斬るのにさして力もいらないんでしょうけど、やはり本調子でないときに仕事は受けない気がしますよ」

富士太郎は深くうなずいた。

「どうしてです」

「でも直之進さんに、この仏さん、見てほしいねえ」

「だって、直之進さんならこの傷から、どれだけの遣い手に殺られたのか、わかるはずだもの。佐之助と同等かそれ以上か」

「佐之助より上ってことはないんじゃないですかね。でもそんなことを知って、どうするんですかい」

「犯人の腕がどれくらいか、知っておくのはとても大事だろう」

「まあ、そうかもしれませんが、湯瀬さまをここに呼ぶことはできませんよ」

「そうなんだよねえ。残念だねえ」

本来なら今頃、米田屋で直之進に会っている頃合だったのだ。

それが米田屋に向かおうとしたとき、斬殺された死骸が見つかったという報が届けられたのだ。

こんなことなら、もっとはやく米田屋に行っておけばよかったねえ。

富士太郎としては、どんなことでもいいから、直之進に会う口実がほしくてならない。

この仏がもう少しあとで見つかればよかったのだ。そうすれば米田屋に行ってから、ここに来ることができた。

この若い男が昨夜殺されたとして、奉行所への知らせが今日の昼近くになったのは、たまたま発見がおそかったからだ。

高い塀に囲まれたほとんど人通りのないせまい路地で、蔬菜《そさい》売りの百姓が立ち小便しようとして、見つけたのだ。

どいつだい、この仏さんを妙な刻限に見つけちまったのは。

富士太郎は首をまわして捜したが、百姓は見当たらなかった。

なにも見ていないことをききだして、名とどこの村かをたずねてから解き放ったばかりなのを富士太郎は思いだした。

ああ、そうだったね。おいらも焼きがまわったよ。

「旦那、なにぶつぶついってるんですかい」

富士太郎は鬢《びん》を軽くかいた。

「なんでもないよ」

「湯瀬さまのことですかい。あっしはもう、とめやしません。でも旦那、仕事はしっかりやってくださいよ」

「わかってるよ。まかしときな」

富士太郎は再び死骸を見つめた。

身なりは町人だ。ぱっくりと切られた着物を持ちあげ、懐を調べてみた。財布や巾着の類は持っていない。袂にも手を入れた。

「駄目だね。身元を示すようなものは持ってないよ。取られたのかな」

「それか、もともと持っていなかったか」

「とするとどうなるんだい、珠吉」

珠吉が苦笑する。

「あっしはいっただけですよ。あとは旦那が考えてくだせえ」

「そういうことかい」

よっこらしょ、と富士太郎は立ちあがった。

「ちょっと来ておくれ」

ひそひそとなにごとか語り合っていた五名の町役人《ちょうやくにん》を呼んだ。

五人がびっくりして、富士太郎を見る。そのうしろには、野次馬がびっしりと垣をつくっていた。

まるで鬼でも見るかのように、町役人が富士太郎のそばに寄ってきた。

「おいら、そんなに怖い顔なのかね。いや、貫禄が出てきたのかもしれないね」

富士太郎は珠吉にささやきかけた。

「ちがいますよ、旦那。あっちのほうの町廻りは珍しいって、気味悪がっているだけですよ」

「頭にくるねえ」

鼻白んだ富士太郎は重々しく咳払いした。

「知らない顔だってさっきいってたけど、もう一度よく見ておくれ」

気が進まなそうだが、町役人たちはさすがに真剣に見た。一人が唾を飲みこんだのか、ごくりと喉を鳴らした。

「やはり存じあげません」

一番年かさの町役人がいった。

「この町の者ではございませんね」

富士太郎はほかの四人を順繰りに見ていった。四人とも一様に首を横に振った。

「そうかい、わかったよ」

死骸の身元を探りだすことから、まずはじめることになりそうだ。

「ああ、すみません、お待たせしました」

検死医師の福斎が小者を連れてやってきた。

「ちょっと急患が入ってしまいまして」

「さようでしたか。そういうときにご足労いただき、ありがとうございます」

こちらです、と富士太郎は案内した。

福斎は死骸をていねいに見た。

「ものすごい遣い手に殺されたのは一目瞭然、これは説明の要はないでしょう。殺されたのは昨夜の四つから七つのあいだでしょうね」

「木戸が閉まった頃ですか……」

そんな刻限にこの男はなにをしていたんだろう、と富士太郎は思った。このことも明かしてゆくしかない。

福斎は小者と一緒に帰っていった。

「富士太郎」

呼ばれたほうに目をやると、人相書の達者の小石田勘解由《おいしだかげゆ》が姿を見せた。

「ああ、ご苦労さまです」

富士太郎は腰を折って出迎えた。珠吉も同じようにしている。

「この仏さんかい」

勘解由はじっと見ている。その目は同心というより絵師のようだ。奉行所内で一番の絵の達者といわれている。

「ええ、お願いできますか」

「そのために来たんだ」

勘解由は矢立《やたて》から筆を取りだすと、たっぷりと墨をつけた。ひざまずき、死骸の顔を眺め渡してから描きはじめた。

「よし、これでいいかな」

ゆっくりと立ちあがる。

「どうだ、富士太郎」

富士太郎は、できあがったばかりの人相書をのぞきこんだ。ぷん、と墨のにおいが鼻を突く。

「さすがですね」

男の特徴をよくとらえている。眉が薄く、目はどんぐりのような形だ。鼻筋が通ってすっきりしており、唇は上下ともに厚いが、下の唇のほうが前に突きだしている。頬は丸く、がっしりとした顎は、どんなかたい物でも嚙み砕きそうだ。

勘解由はもう一枚をさらさらと描き、それを富士太郎に渡してきた。もとの一枚はこれから奉行所に帰って刷るか、何枚か描くことになるのだろう。

「これで帰るが、いいな」

「ご苦労さまでした」

じゃあな、と勘解由が歩きだす。そのうしろ姿を見送ってから、富士太郎は珠吉に向き直った。

「よし珠吉、この仏さんの身元を明らかにするよ」

「承知しました」

歳を感じさせない元気のいい声で答える。

「よし、行こう」

珠吉をしたがえて、富士太郎は歩きだした。

じっと息をひそめていた。

塀際に腰をおろし、和四郎《わしろう》は目の前の家を見つめた。

どこか妾宅のような雰囲気がある。ただ、人の気配はまったく感じられない。日が高くなってきたというのに、雨戸があけられる様子はない。

空き家か。

その割に、木々や草花が多く配された庭は手入れがされている。植木屋が頻繁に足を運んでいるのはまちがいない。

妾宅ではなく、どこか商家の別邸なのかもしれない。あるいは、家の主人が旅にでも出ているのか。

和四郎は松の大木の陰に身を置いている。背の低い塀の向こうからは、人々の行きかう足音が繁くきこえている。

やつは消えたのか。とうに消えているはずなのはわかっているが、万が一を考えると動けない。

恐ろしい遣い手だった。よく逃げられたものだ。

立ちあがろうとしたが、体が重く、いうことをきかない。自分の知らぬ間に、目方が増えてしまったかのようだ。

和四郎は足の傷に目を向けた。

切り裂かれた着物の下の傷は、とりあえず血どめした。これでしばらくはもつはずだ。

あのとき、と和四郎は思った。あと少し飛びあがるのがおそかったら、刀は太ももを斬っていたはずだ。

太い血脈をやられ、今頃は絶命していただろう。

命があるだけよい。和四郎は目を閉じた。殺された武七《たけしち》のことを思いだす。

いきなり袈裟に斬られた。声もださずに絶命したが、あれはその余裕すらなかったのだろう。

あの遣い手は暗闇のなか、こちらの所在をはっきりつかんでいた。

夜目が利くのだ。いや、果たしてそれだけなのか。夜を見通す目なら俺も持っている。武七も同様だ。

その俺たちが、近づかれたのにまったく気づかなかった。

いったい何者なのか。

正直いえば、今でも男なのか女だったのかさえ、わかっていない。

まさか、あれが女ということはまずあるまい。

和四郎は両手で体をなでさすった。寒けを感じているのだ。血が失われたせいだろう。

このままでは、やはりまずい。医者に手当をしてもらわなければ。

旦那さまのところに行くか。

行けば、懇意の医者を呼んでくれるだろう。

だが、屋敷はあの恐るべき遣い手に見張られている気がしないでもない。

この勘は信じるべきだ。

しかし、いつまでもここにはいられない。

だが、相変わらず体は動こうとしない。

松の枝を騒がす風が三、四度吹いた頃、ようやく立ちあがることができた。足腰に鋭く痛みが走り、うめき声をあげかけた。

痛みが引いてから塀に手をのばす。さっきは低く見えたのに、今はその高さに呆然とした。

よく乗り越えられたものだ。恐怖のせいで、無我夢中になっていたのだろう。

人の気配を探る。しばらくのあいだ、人けは絶えなかった。

四半刻近く待たされた。だが、そのあいだに立っていることに慣れてきた。

体に、かすかながらも力が戻ってきているのだ。

よし、これなら。

和四郎は塀に手をかけ、体を持ちあげようとした。だが何度試みても、塀を乗り越えることはできなかった。

そうこうしているうちに、道に人の気配が戻ってきた。

日が落ちるのを待つしかなさそうだ。それから町医者を捜そう。

和四郎は再び座りこんだ。

疲れが一気に襲ってきた。目を閉じたら、眠ってしまいそうだ。

三

「お登勢《とせ》さん」

店の裏口から庭に入った途端、千勢《ちせ》はいきなり呼ばれた。登勢というのは千勢がつかっている偽名だ。

「ああ、お咲希ちゃん」

千勢は手を広げて、お咲希を抱きとめた。子供のあたたかみを感じる。

どうして子供というのは、こんなにあたたかいのだろう。熱いくらいだ。

お咲希は、千勢が奉公している料亭の料永《りょうえい》の主人利八《りはち》の孫娘だ。

「いらっしゃい、お登勢さん」

お咲希が黒々とした瞳で見あげてくる。頬がつやつやしているのは、健やかに成長している証だろう。つんと高い鼻が愛らしい。

「今日はいつもよりはやいんじゃないの」

お咲希がきく。

「お咲希ちゃんに会いたくて、はやく来たのよ」

「ほんとう？」

「ええ、本当よ」

「遊んでくれるの」

「いいわよ。なにして遊ぶ」

「とりあえず、そこに座りましょう」

お咲希が大人ぶったいい方をして、濡縁を指す。

庭に面した濡縁に二人して腰かけた。

お咲希は足をぶらぶらさせている。八歳だが、まだ五歳ほどの背丈でしかない。

かわいいな、と心から思う。こんな子だったら自分もほしい。

お咲希は無言だ。なにか考えている。

「ねえ、好きな男の子とはどうなったの」

「あれから話もしていないの」

「そう、それは残念ね」

お咲希には好きな男の子がいる。それは前に、生け花を教えているときにきいたのだ。

侍の子だという。お咲希が近所の男の子にいじめられたとき、助けてくれたとのことだった。

「姿を見かけることもないの？」

「ううん、町道場に行けば、稽古をしているところ見られるから」

「剣術のほうは相変わらず？」

「うん、これが駄目なんだなあ。いつもびしびしやられてるの」

千勢は体の向きを変えた。

「ねえ、お咲希ちゃん、その子、本当に剣が駄目なのかしら」

「だと思うわ。あんなにやられっぱなしじゃ、見こみがないわ」

「意外に目をかけられているかもしれないわよ。だから、鍛えられているんじゃないかしら」

　お咲希が目を輝かせる。

「そうなのかな」

「きっとそうよ。ねえ、お咲希ちゃん。その男の子を相手にしているのはどんな人」

「大人の人。体が鬼のように大きいの。面を取った顔はいかつくて怖いの」

「そう、そんなに大きな人が。お咲希ちゃんの好きな子はまだ小さいのよね」

「小さいっていっても、十二ってきいたわ。名は水嶋栄一郎《みずしまえいいちろう》さまっていうのよ」

「ふーん、いい名ね」

「そうでしょう」

　お咲希が自分のことをほめられたように笑顔になる。

「とにかく大人が相手をしてくれているのは、やっぱり筋がいいからだと思うわ。きっと栄一郎さまって、強いのよ」

「そうなのかな」

「お咲希ちゃんを助けてくれたときだって、素手だったんでしょ。もともと武術に心得があるから、そういうことができたにちがいないのよ」

「ああ、そうかもしれない」

ふと気づいたようにお咲希が目を向けてきた。

「でもお登勢さん、だからって私に剣術を教えるのを忘れちゃいやよ」

「ええ、いいわよ。お咲希ちゃん、旦那さまのお許しはもらったの」

「いいっていってくれたわ。でもおまえは女の子なんだからほどほどにしなさい、ともいわれたの」

お咲希が一瞬、暗い目をした。

「どうかしたの」

「えっ、なにが」

「なにかいやなことでもあるんじゃないのかなって思ったの」

お咲希は自分の足に目を落とした。決意したように顔をあげる。

「ここ最近、おじいちゃんの機嫌がよくないの」

「どうして」

「それがわからないの。私、なにもしていないし」

「そう。心配ね」

「ねえ、お登勢さん」

懇願するような色が瞳にある。千勢は深く顎を引いた。

「わかったわ、私からそれとなくきいてみる」

「ありがとう」

「どういたしまして」

料永のあるじの利八は、千勢の素性を知っている。この店に奉公をはじめたとき、千勢がすべてを打ち明けたからだ。

湯瀬直之進の妻でありながら、千勢は想い人だった藤村円四郎《ふじむらえんしろう》たちを葬った殺し屋を追って、駿州 沼里《すんしゅうぬまざと》から江戸に単身出てきたのだ。

その殺し屋を捜す場として選んだのが、ここ料永だった。繁盛している店なら、きっと捜しだせる機会も多いだろうと踏んで。

実際に殺し屋の佐之助は見つけたが、今は円四郎の仇を討とうという気はなくなっている。

これではなんのために直之進とわかれ、江戸にやってきたのか。だが、佐之助に対する気持ちは抑えようがない。

「お咲希ちゃん、もう私、行かなくちゃ」

「うん、お話ししてくれてありがとう」

お咲希とわかれた千勢は、店の掃除をはじめた。雑巾で廊下をぴかぴかに磨きあげる。

そうこうしているうちに夕暮れの気配が漂いはじめ、千勢は客の入った部屋へ膳の運び入れをはじめた。

今日は忙しく、あるじの利八に会う暇はなかった。

働いている最中、思ったのは佐之助のことだった。新しい客が来るたび、佐之助ではないかと障子をあけた。

その思いがかなうことはなかったが、これでいい、とも思う。佐之助がずっと来なければ、いつか忘れるときがやってくるだろう。

四つ前に料永の提灯は消えた。

賄い食をもらって、千勢は腹を満たした。

食事を終えると、帰る方向が同じ女中仲間とともに道を歩き、千勢は長屋に戻った。

長屋の路地は静まりかえり、暗さだけがどっしりと横たわっている。

どこからか、雷を思わせるいびきがきこえる。今日も一日、一所懸命働いてきたのがわかる。

千勢の店《たな》は真っ暗だ。あけるのがなんとなく億劫だった。あけたところで誰も待っていない。あんなにうるさいいびきをかいていても、女房が起きてこないのは、安らかな気持ちだからだろう。

意を決して、千勢は戸をあけた。

行灯をつける気にはならない。どこからか入りこむわずかな明かりを頼りに、布団を敷いた。

千勢は横になった。

まぶたに浮かんだのは、佐之助だった。

今どうしているのだろう。なにをしているのだろう。

会いたくてならないが、会いに来てくれないことにはどうにもならない。

四

道を歩きながら、直之進はなんとなく千勢のことを考えた。

元気にしているのだろうか。

佐之助と会っているのだろうか。

しかしあの二人、どうするつもりなのか。まさか一緒になる気ではあるまい。

もとはといえば、千勢が藤村円四郎の仇として佐之助を追ったのが、直之進も江戸に出てくる発端だった。

だが、直之進としては千勢に感謝したい気持ちもある。

千勢のその無鉄砲さがなかったら、決して江戸で暮らすようなことにはならなかっただろう。

沼里で、中老をつとめていた宮田彦兵衛《みやたひこべえ》の闇の仕事をこなし続けていたはずだ。

いや、その前にいろいろと知りすぎた者として、口封じをされていたかもしれない。

仮にそうでなかったにしろ、小普請組として堅苦しい武家の暮らしを今も続けていたはずだ。

こうして武家の鎖をはずしてみると、気楽でならない。二度とあんな窮屈な暮らしには戻れない。

直之進は大きくのびをした。大気がうまい。

こんなことは沼里で暮らしているとき、感じなかった。

道が牛込早稲田町に入った。

足を進めると、竹刀を打ち合う激しい音や気合が耳に届いた。

やっているな。思わず頬がゆるむ。

中西道場が見えている。

入口を入り、直之進は訪《おとな》いを入れた。

弥五郎自ら出迎えてくれた。

「本当に来てくださったんですね」

「約束を破るわけにはいかんからな」

「さっそくお相手をしていただけますか」

「もちろんだ」

直之進は弥五郎に導かれて道場に入った。

「おう直之進、来たか」

竹刀を杖のようにして門人たちの稽古を見守っていた琢ノ介が右手をあげた。

「お言葉に甘えさせてもらった」

「殊勝な言葉だが、やる気が目に出ているぞ。竹刀を振るいたくてたまらんのではないか」

「さすがだな」

「着替えも用意してある。納戸《なんど》だ」

直之進は着替えをした。しっかりと洗濯されていて、気持ちがいい。

胴に籠手《こて》をつけ、面を小脇に抱えて道場に戻る。

「湯瀬さま、よろしいですかい」

「ああ、いいぞ」

直之進は竹刀を受け取り、面をつけた。

「よし、わしが審判をつとめよう」

琢ノ介があいだに立った。ほかの門人たちは壁際に下がり、ずらりと座った。

「三本勝負だ。いいな」

「ちょっと待ってください」

弥五郎が声をあげる。

「それだと先に二本取られたら負けですね。どうせあっしが湯瀬さまにかなうわけないんですから、できたら三本全部やらしてください」

琢ノ介が直之進を見る。

「かまわんよ」

「では、そういうことにしよう。でも直之進、できるだけはやくけりをつけろよ。おぬしと立ち合いたくてたまらない門人はいくらでもいるんだ」

その言葉をきいて弥五郎がいきり立つ。

「冗談じゃないですよ。あっしはそうたやすく負けやしませんぜ」

「弥五郎、その意気だ」

琢ノ介が三歩ほどうしろに下がる。

「はじめっ」

だあ。弥五郎が突進してきた。上段から竹刀を打ちおろす。

ほう、と直之進は感心した。打ちこみが鋭くなっている。

この前立ち合ってからまだ十日もたっていないのに、さらに成長している。この男の資質はやはり相当なものだ。

直之進はがしんと受けとめた。鍔迫り合いになる。

弥五郎がぐいぐい押してくる。これも力強くなっていた。

前は直之進が腕に力をこめれば、うしろにひっくり返りそうな軽さがあったが、今は腰で押すことを覚えたらしく、力士に通じるようなどっしりとしたものがある。

　それでも、直之進が押されることはない。

　しばらく鍔迫り合いを続けているうち、弥五郎の額にびっしりと汗が浮いてきた。

　決して引かぬという思いが伝わってくる形相だ。そのけなげさに直之進は打たれた。よし、ここは俺が下がってやろう。

　ただし、わざと下がったのがわかっては弥五郎もおもしろくないだろう。

　直之進は力をこめ、弥五郎を押した。弥五郎がかすかに下がり、まずいという顔をした。

　そのとき直之進は、したたり落ちた汗で足を滑らせた。ただし、わずかに右肩が揺らいだにすぎない。

　弥五郎がしめたという顔で、全身を預けるように押してきた。

　直之進は耐えきれないという表情をつくって、うしろにはね飛んだ。

　まわりからいっせいに拍手がわいた。

　弥五郎もやったという顔だ。胴を狙ってきた。と思ったら、籠手に変化した。

やるな、と直之進は思った。鍔迫り合いは離れ際が不利とはいえ、胴だけ狙ったのでは避けられるのがわかっていたのだ。

直之進は巻くようにして弥五郎の竹刀を横に弾いた。

弥五郎が突っこんできた。今度は逆胴を打とうとしている。

直之進は打ち返した。前ならこれだけでうしろに吹っ飛びかねなかったが、今の弥五郎はしっかり踏みとどまり、さらに胴を見舞ってきた。

弥五郎の腰はよく落ち、竹刀はまともに受けたら体が持ちあがるのでは、と思えるほどの威力を秘めていた。実際に何人もの門人たちがこの胴の餌食になっているのだろうが、直之進はしっかりと受けとめた。

弥五郎が顔をしかめる。岩でも打ったかのように腕がしびれたのだろう。

渾身の胴を楽々と受けとめられて、一瞬、弥五郎の顔にひるみが走った。だが、すぐに闘志がそれに取って代わった。

いいぞ、と直之進は語りかけた。

弥五郎が竹刀を次々に繰りだしてくる。

直之進は避けることはせず、すべての竹刀を受けた。

さすがに弥五郎に疲れが見えはじめ、そろそろいいかな、と直之進は思った。

ここまで竹刀を振らせれば十分だろう。

弥五郎の体はふらつきはじめている。振った竹刀を鋭く引き戻せなくなっていた。

またも面を狙ってきたが、間のびした風切り音を残して、竹刀が直之進の右肩の先を通り抜けてゆく。

直之進はその機を逃さず、床板を蹴った。体が沈みこむ。肩が風を切るようで、気持ちがいい。

あっ。弥五郎の戸惑った声が頭上できこえた。

直之進は弥五郎の胴に竹刀を入れた。

しびれるような手応えが残る。すぐに間合を取り、竹刀を正眼に構えた。

直之進の目には、弥五郎の背中が見えている。うしろにまわりこまれたのに弥五郎は気づいていない。

「一本」

琢ノ介が右手をあげて宣する。

「えっ」

驚いたように弥五郎が琢ノ介を見やる。

「直之進はうしろだ」

弥五郎が体ごと振り返る。

「ああ、そこでしたか。また消えちまったんですよ。わけがわからねえ」

首を力なげに振り、竹刀をだらりと下げた。

「弥五郎、まだやるか」

琢ノ介がきく。

「もちろんですよ、といいたいところですけど、あっしには力が一滴たりとも残っちゃいねえ。もうけっこうです」

「ずいぶんとあきらめがいいな」

「師範代ならともかく、あれだけの力の差を見せつけられちゃあ、どうにもならねえ」

「師範代なら、とかいうな」

「すみません」

「でも弥五郎、鍔迫り合いでは勝ったじゃないか」

弥五郎が頬を紅潮させた。

「ああ、そうですよね。あれはよかった。あれができたことを、これからの稽古の励みにしますよ」

その言葉をきいて、直之進はよかった、と思った。琢ノ介が小さく笑みを送ってくる。

その後、直之進はほかの門人たちの相手をした。

筋のいい者もいるが、やはり弥五郎は抜きん出ている。

稽古を申し出てきたすべての門人たちとの立ち合いが終わると、直之進はさすがに汗びっしょりになった。

琢ノ介が放ってくれた手ぬぐいで汗をふいていると、視線を感じた。

見ると、道場の奥に通ずる戸があいていて、そこに一人の男が立っていた。

道場主の中西悦之進だ。前に琢ノ介に紹介してもらった。

直之進は近づき、一礼した。

「いい汗を流させてもらいました。ありがとうございます」

「いえ、こちらこそ湯瀬さんほどの遣い手にいらしていただき、うれしいですよ。みんな、喜んでましたねえ」

端整な顔をにっこりさせる。

「湯瀬さん、またおいでください」

「それがしもとても楽しかった。お言葉に甘えさせていただきますよ」

中西悦之進はいかにも実直な人物だ。ただし、剣はあまり遣えそうにない。それでこれだけの門人を集めているのは、人柄のたまものだろう。

「ああ、そうだ」

悦之進が声をあげた。

「我が家臣、いや、もと家臣に遣い手がおります。今度、お手合わせをしてやってくださいませんか」

「もと家臣ですか」

「ああ、そのことについては直之進、わしがあとで教えてやる」

「そうか。――是非やらせてください」

「伝えておきますよ」

「でも中西さん」

直之進はたずねた。

「それだけの遣い手がいるのなら、どうして師範代にされないのです」

よけいなことをいうな、と琢ノ介がいいたげにする。

「まあ、いろいろあるのです。ほかの仕事をやってもらっています」

「やってもらっている？」

「ああ、いえ、深い意味はありません。忘れてください」

しかし、直之進には悦之進が口を滑らしたようにしか思えなかった。

五

門人たちが帰ったあとの道場は静かなものだ。さっきまで竹刀の音や床板を踏み鳴らす音、気合などが響き渡っていたのが嘘のような静寂だ。

明かりを灯していないので、道場は暗い。外のほうがまだ明るく、一足先に夜が訪れたかのようだ。

中西悦之進は道場のまんなかに正座していた。もう長いことこうしているから、足がしびれているが、こうしているほうがいい。

わしなどろくに働いていない。皆に迷惑をかけているだけなのだから、このくらいの苦行は当たり前だ。

道場の入口で物音がした。

「失礼いたします」

来たか。悦之進は立ちあがった。長く正座しすぎたか、少しよろけた。

悦之進は入口まで行き、出迎えた。

「よく来た」

「ああ、若殿」

「兵助《ひょうすけ》、よせ。わしはもう若殿ではない」

「失礼いたしました」

矢板《やいた》兵助をはじめ、五名の者がぞろぞろとあがってきた。

「こっちに来てくれ」

いつものように居間に集まる。悦之進も加わり、六名が円座になった。

悦之進の妻の秋穂《あきほ》が茶を持ってくる。茶請けの干菓子も用意された。

「つまんでくれ」

悦之進は自ら手をのばした。こうすればもと家臣たちにも遠慮はなくなる。

落雁《らくがん》だ。小さめのが皿に六つばかりのっている。

砂糖をまぶしてあるが、それほど甘くはない。砂糖はなにしろ高価なのだ。

しかし、やはり口のなかで溶けてゆくときが一番うまい。砂糖は薬というが、
なるほど、気持ちを休めてくれる効果はあるようだ。

「おいしいですねえ」

甘い物が好きな兵助が頬をゆるめている。それを見て悦之進はうれしくなった。

「兵助、これも食べろ」

自分の皿を滑らせた。

「えっ、よろしいんですか」

兵助は遠慮を見せることなく、悦之進の皿から落雁をつまんで口に運んだ。

「おぬしらもいただけ」

兵助は残りを他の者にまわした。

男たちが落雁に手をのばす。みんな、笑い合っている。この仲のよさに悦之進は心強いものを覚えた。

これだけまとまっているのなら、きっとやつを捜しだせる。

同時に、自分のために五名もの男を縛りつけてしまっていることにすまなさも覚えた。もしかしたら、命を落とす怖れだってあるかもしれないのに。

自分があきらめれば、この者たちに災厄が降りかかることはなくなる。そうしたほうがいいのではないか。

いや、駄目だ。それでは父上は喜ばぬ。

「もういいかな」

悦之進は五人を見渡した。五名とも茶を飲みほし、落雁はすべて胃の腑におさめられている。

「よし、はじめよう」

悦之進たちは話し合いをはじめた。秋穂は台所で夕餉の支度をしている。

「柳田屋吉五兵衛《やなぎだやきちごべえ》だが、行方はどうだ」

この集まりのとき、この問いがいつも最初に悦之進の口から発せられる。

「まだわかっておりません」

兵助が答える。

「つかめそうか」

「必ずつかむ気でいますが、今のところはなんとも申せません」

これもいつも同じ答えだ。

「とにかく吉五兵衛がすべての鍵を握っているのはまちがいない。この男さえ捜しだせばいい。それできっと……」

「しかし若殿――」

巻田甚六《まきたじんろく》がいう。

「いえ師範、やつはここ五年、まったく行方が知れません。我らも必死に行方を追っていますが、なんの手がかりも残していません」

「江戸におらぬのかな」

「どうでしょうか。もし江戸の外に逃げられたら、もはや追えませぬ」

「甚六、ではあきらめるか」

甚六が驚いたように悦之進を見る。

「そのようなことはできません。殿のご無念を晴らすまで、決してあきらめるわけには」

「しかし甚六、疲れておらぬか」

「疲れていないと申しあげたら、嘘になりましょう。しかし、ここまで続けておいて放りだすというのも性に合いません。それがしは仮に一人になったとしても、最後までやり抜く所存」

「一人になったとしても、というのはどういう意味だ」

兵助が嚙みつく。

「俺は、おぬしより先に投げだすような真似は決してせんぞ」

ほかの者も、俺もだ、と口々にいった。

「しかし師範」

兵助が見つめてきた。

「もしかしたら、吉五兵衛のやつ、とうに口封じをされた、ということはありませんか」

「考えられる」

「吉五兵衛が口封じされたと考えた場合、吉五兵衛以外にも悪者はいるということになりますぞ」

「その通りだ。父上をおとしいれた者は吉五兵衛一人ではあるまい」

「それを探りだすためにも、なんとしても吉五兵衛を捜しださなければなりません」

甚六が断固とした口調でいった。

「そして口を割らせなければ」

「その通りだ」

悦之進は深くうなずいた。

「今は吉五兵衛が生きていることを信じて、捜し続けるしかあるまい」

五人に向けてこうべを垂れる。

「わしはなにもできぬ。よろしく頼む」

「どうか、顔をおあげください」

兵助があわてていった。

「若殿、いえ、今は師範が我らの暮らしの面倒を見てくださっています。それがあるからこそ、我らは自由に動くことができます。感謝するのは我らのほうです」

「そういってもらえると、まことにうれしい」

悦之進は涙が出そうになった。

「若殿」

甚六が呼ぶ。あえてそういう呼び方をしたのが悦之進にはわかった。

「涙を流すのは、本懐を遂げたときにございますぞ」

六

厨房のほうにまわり、膳を一つ受け取った。

千勢は階段をあがり、二階に向かった。気にかかっているのは、利八の不機嫌の理由だ。

お咲希とこの前話したあと、利八にどうしてか会えない。避けられているようなことはないだろうが、少し気になる。

廊下に膝をつき、明かりの灯る部屋に向けて、お待たせいたしました、と障子をあけた。

客の顔を見ないようにしていたが、ふと、予感が胸のうちを走った。

はっとして顔をあげる。

行灯の灯りが届いていないわけではないが、どこか暗さを感じさせるところに佐之助が座っていた。

千勢は驚きで声が出ない。この男はだいたいいつもそうだ。からくり人形のようにひたすら働いているとき、不意に姿を見せる。

「よお」

軽く手をあげ、笑ってみせる。

その笑みの寂しさに、千勢は打たれるものがあった。

なにもいわず、佐之助の前に膳を置いた。出ていこうとして、右手をつかまれた。

「待てよ、そんなに急いで戻ることもあるまい」

「今日は忙しいんです」

つかまれている右手が痛いほどだ。だが、それも心地よかった。

「放してください」

「いやだ」

佐之助がじっと見ている。

「行かぬ、といったら放す」

「ずっとは無理です」

「わかっている」

「でしたら」

佐之助はそのまま握っていたが、すっと右手が軽くなった。

千勢は正座し、佐之助に向き直った。久しぶりに見る顔だ。娘のように胸が弾んだが、その思いをあらわさないようにした。

「元気そうですね」

「そうか」

「ええ、とても」

「それがうれしいか」

「直之進さまを討つ気でいるのですか」

「むろん。俺はもっと強くなって、あの男を必ず殺す」

闘志も戻ってきている。いかにも佐之助らしい。

ただ、直之進との対決が遠くないのがはっきりとし、千勢は暗澹とした。

できることなら、やめてもらいたい。だが、佐之助は決してやめようとはしないだろう。

「俺はやつをきっと殺す」

血に飢えた獣のようにぎらついた目だ。

「そのときこそ――」

千勢に腕をのばしかけたが、佐之助は自らを抑えつけたようだ。

瞳をやわらげる。

「飲もうではないか」

杯を取りあげた。

「注いでくれ」

千勢は徳利を持ちあげた。

「元気だったか」

佐之助が杯を一気にあけた。

「ええ」

千勢は言葉少なに答えた。

「あなたはどうしていたのです」

千勢は酒を注いだ。佐之助が唇を湿らせる。

「いろいろと医者の手を煩わせた。ようやくここまで戻った」

愚痴とはいわないまでも、佐之助の弱気をきいたと思った。この人は、そんなことを口にするような男ではなかった。

「なんだ、その顔は」

「私の顔になにかついていますか」

「なにを笑っている」

「えっ」

千勢は自分が笑みを浮かべていたことに気づいた。佐之助が本性を見せてくれたようで、うれしかったのだ。

「いえ、なにも」

それからなにも話すことなく、二人のあいだを沈黙が包みこんだ。

ただ、それは千勢にとって決して気づまりなものではなかった。

むしろ、こうして話さないでいることに、幸せのようなものを感じる。

どこからかお咲希の声がしたように思った。空耳かしら。

ちらりと、旦那さまはどうしているのかしら、という思いが脳裏をよぎった。

女中仲間のお真美《まみ》がいっていたが、今日は離れに籠っているとのことだ。

離れは庭の奥に建っている。最も大事な得意先が来たときなど、つかってもらっているが、今夜そういう客が来ているのだろうか。

「どうした」

佐之助に呼ばれ、千勢は我に返った。

「お飲みになりますか」

千勢は徳利を傾けた。

「もらおう」

佐之助が静かにいう。こういうときのこの男は、とても感じがいい。

殺し屋としての重い鎧をなんとか取り払ってあげたい。だが、今の私にいったいなにができるだろう。

「どうして勝手な真似をした」

料永のあるじ利八は、目の前でかしこまっている男を叱りつけた。

男は善造《ぜんぞう》といい、料永の仕入れを担当している。

「お店のためと思いまして」

善造が上目づかいに答える。

「きいているのは、どうしてわしに内密にことを進めたか、だ」

「内密に進めたなど、そのようなことはございません」

「しかし勝手に米屋を替え、これまでなんの報告もなかったのは、そういうことだろう」

「そういうわけではございません」

「なら、どういうわけだ」

善造が唇をなめる。

「報告しなかったのは、仕入れに関してはまかせていただいているものと思っていたからです。米程度のことで煩わせるようなこともない、と考えた次第です」

利八は一つ息を入れた。

「おまえさんを信頼し、仕入れをまかせているのは事実だ。だが、米程度、というのはきき捨てにできん。この店だけでなく、米は料亭にとって最も大事なものといってよい。茶碗一杯の米でお得意さまが離れていってしまうことだってある」

利八は湯飲みを手に取り、茶で喉を潤した。

「わしがそれだけ米に重きを置いていることを、三十年近くもそばで働いているおまえが知らないはずがあるまい」

「申しわけございません。旦那さまに報告しなかったのは、魔が差したとしかいいようがございません」

「まあ、よい。米の味は落ちているとはいえんからな。ただ、うまくなったともいいがたい。善造、どうして米屋を替えた」

はい、と頭を下げてから善造は答えた。

「なにしろ安かったものですから」

「安かったからか」

利八は目を閉じた。善造のいい分はわかる。

だが、これまでの仕入れ先である華岡屋《はなおかや》には米の高騰で苦しいときもいろいろ融通してもらった。安い米が手に入るようになったといっても、そう無造作に切ってしまっていいものではない。

それでは、つき合いとはいえないのだ。商売だから値で決まることはもちろんあるが、それよりも大事なのは、人同士のつながりだと利八は思っている。

この絆が強ければ強いほど、店が窮地におちいったとき助けてくれる者が多くなる。

実際、華岡屋から、どうしてでしょう、と懇願された。なにかお気に障ることがございましたか。

景気がいいといえない時期に、料永ほどの大口の取引先がなくなるのは痛いはずだ。

「あれはどこの米だ」

「上州ときいております」

大名領も多いが、幕府の蔵入り地も多い。

「どのくらい安くなった」

「二割です」

驚いた。確かにこれは大きい。善造が、ころりとまいってしまうのもわかる。米屋を替えたことで、むしろ利八に喜んでもらえると思ったのではないか。

「新しい米屋はなんという」

利八は、どうすればそんなに安くできるものか、知りたかった。

「伯耆屋《ほうきや》と申します」

善造が息をつくようにそっと答えた。

利八はその名を胸に刻みこんだ。

七

「珠吉、なにもつかめないねぇ」

富士太郎は探索の最中だが、少し疲れを覚えている。まるで手がかりがないのが、こたえているのだ。

少しでもなにかつかめれば、疲れなど吹っ飛んでゆくのだが、今はその気配すらない。泥が少しずつついてゆくように足が重くなっている。

「ええ、男の身元さえいまだに知れない、というのは困りましたねぇ」

さすがの珠吉も弱った顔をしている。

「珠吉、少し休もうかね」

富士太郎は右手に見えている饅頭ののぼりを指さした。

「あの茶店で甘い物でも食べれば、少しは疲れが取れるんじゃないかねえ」

「いいですね」

珠吉のほうが早足で茶店に入りこんだ。赤い毛氈の敷かれた縁台に座るとき、富士太郎は中間の顔をさりげなく見た。

疲れがくっきりとあらわれている。目の下にくまができていた。

無理はさせられないね。だってじき六十なんだから。

看板娘と思える小女に饅頭と茶を頼んだ。意外にこんでいる。若い男が多いようだ。

「旦那、なかなかきれいな娘さんじゃないですか」

奥に去ってゆく娘を見送って珠吉がいう。

「そうかい」

「気のない返事ですねえ」

「当たり前だよ。おいらは直之進さんしか目に入っていないからね」

「あの娘さん目当てに、けっこう男衆《おとこし》が来てるのに……」

「いいんだよ」

注文した物がやってきた。ごゆっくりどうぞ、と看板娘が一礼し、去ってゆく。

「でも旦那、考えたら困りものですよ」

珠吉が茶をすすりながらいう。

「なにがだい」

「だって旦那は樺山家の嫡男でしょ」

「ああ、跡継のことかい。養子をもらえばいいよ」

「そんなに無造作にいわないでくださいよ。跡取りってのは、とても大事なんですから」

「わかっちゃいるけど、こればっかりはどうにもならないねえ」

「お母上はご存じなんですかい」

「おいらのことかい。知らないだろうね」

「いう気はあるんですか」

「いつか、と思っているけど、母上、腰を抜かしちゃうかもしれないねえ」

「そうでしょうねえ」

「それより珠吉、お饅頭、食べなよ。とてもおいしいよ」

「ありがとうございます」

珠吉が饅頭に手をのばす。

「本当だ。うまいですねえ。皮がしっとりしているのもいいですし、あんこがまたこくがあるというのか、お茶に負けないですねえ。この饅頭を食べてからお茶を飲むと、口のなかが幸せで一杯になりますよ」

顔をほころばせている。寄ってよかったなあ、と富士太郎はうれしかった。

茶店で十分な休息を取ったあと、富士太郎と珠吉は殺された男の人相書を手に、再びききこみをはじめた。

しかし、相変わらず男のことを知っている者には出会えない。

はやくも夕闇の気配が漂いはじめ、心なしか行きかう人たちも早足になっている。風が若干冷たくなっている。春といっても、まだはじまったばかりだ。桜だって咲くのは当分先のことだろう。

「珠吉、腹が空かないかい」

「さっき、饅頭を食べたばかりじゃないですか」

「さっきっていっても、二刻近くも前の話だよ」

「あれ、もうそんなにたちましたか」

珠吉が自分の腹を手で押さえる。

「ああ、本当だ。空いてますね。旦那、奉行所に戻りますか」

「それよりか珠吉、正田《しょうだ》屋《や》に寄っていかないかい」

「正田屋さんですかい。本当に腹ごしらえする気ですか」

「まあね」

「というより旦那、湯瀬さまが来るんじゃないかって期待してるんじゃないですかい」

「そういうことだよ」

富士太郎は悪びれずに答えた。

「そんなにはっきりいわれちゃ、しょうがねえな。行きましょうか」

正田屋は小石川伝通院前陸尺《でんづういんまえりくしゃく》町にある一膳飯屋だ。夜には煮売り酒屋になる。あるじの浦兵衛《うらべえ》は、米田屋光右衛門より二つ年下の幼なじみだ。包丁の腕はすばらしく、なにを食べても安くておいしい。

光右衛門との縁で直之進もよく食べに行っているのを、富士太郎は知っている。

正田屋に着いたときには、日はとっぷりと暮れていた。提灯に火が入れられ、ぼんやりとした明るさを路上に放っていた。

正田屋からは魚を焼いているにおいと煙が外に漂いだし、富士太郎の鼻にまとわりついた。我慢がきかなくなり、富士太郎は駆けこむように暖簾を払った。

「いらっしゃいませ」

元気のいい声が浴びせられる。

「樺山の旦那、いらっしゃい」

厨房で浦兵衛がにこにこ笑っている。軽く指を指した。

その方向を見ると、直之進が座っていた。

やった。胸がどきどきした。こうして会えるなんて、やっぱりおいらたちは深い絆で結ばれているんだねえ。

直之進は一人だ。注文したものはきていないようで、茶を飲んでいる。富士太郎に気づき、やあ、と手をあげた。

富士太郎はいそいそと近づいた。

「旦那、よかったですね。わざわざ来た甲斐がありましたねえ」

うしろから珠吉がささやく。

「これも日頃の行いがいいからだろうね」

富士太郎は直之進の横に座りこんだ。

「旦那、そこじゃありませんよ」

珠吉が注意する。

「そんなにぴったりくっつかれたら、湯瀬さまが食いにくくってしようがありませんぜ」

「そうかい。それなら仕方ないねえ」

富士太郎は少しだけ離れた。

「旦那、そこよりこちらに来たほうがいいんじゃないですかい。そのほうが湯瀬さまの顔を拝めますよ」

「そりゃいいね」

富士太郎は直之進の真向かいに正座した。

「直之進さん、今、仕事はなにをしているんですか」

直之進が湯飲みを置いた。

「今はなにも。浪人暮らしを楽しんでいるというところかな」

いんですよね」

「楽しんでいるんですか。いいですねえ。でもいずれ、仕事をしなくてはならな
「うん、いずれは」

もし仕事がほしいのなら、富士太郎としては探索を手伝ってほしかった。

だが、こちらも薄給の身で、直之進の満足するような代はまず払えない。それ
に、町方が助っ人を期待してはおしまいだろう。

「富士太郎さんは今、なにか探索をしているのかい」

「ええ、殺しです」

手がかりのなさに、思わず渋い顔になった。

「ほう、どんな」

富士太郎は話した。直之進は決して他言しない。

「ほう、凄腕による殺し。しかもまだ仏の身元もわかっていないのか」

「そうなんですよ。まいりますよ」

手伝おうか、といってくれるのを待ったが、直之進はなにもいわなかった。

小女のお多実《たみ》が注文を取りに来た。

「直之進さん、なにを頼んだんですか」

「鰺の塩焼きですよ」

お多実が答えた。

おまえさんなんかにきいてないんだけどね。富士太郎はつぶやいた。

「えっ、なんですか」

お多実が怪訝そうにたずねる。

「――直之進さんと同じものをちょうだいな。珠吉はどうする」

「あっしも同じものをお願いします」

「承知いたしました」

お多実が去ってゆく。

まったくなんだい、あの女。

「旦那、なに、いらついているんですかい。焼き餅、焼いてるんですかい」

「その通りだよ」

お待たせしました、と直之進の鰺の塩焼きがやってきた。

「直之進さん、冷めちゃいますから、遠慮なくどうぞ」

富士太郎は勧めた。

「じゃあ、そうさせてもらおう」

直之進が箸を取り、食べはじめた。器用に鯵の身をほぐしてゆく。

富士太郎は思わず見とれた。なんて鮮やかな箸さばきなんだろうねえ。剣の遣い手というのは、こういうところからちがうんだろうねえ。

富士太郎たちにも運ばれてきた。さっそく箸をつかいはじめる。

「直之進さん、おいしいですねえ」

そんなに脂はのっていないが、ほどよいというのか、塩焼きならこのくらいのほうがいいと思える。

「うん、まったくだ。でも富士太郎さん」

直之進が真剣な顔を向けてきた。富士太郎はどきりとした。

「な、なんでしょうか」

「飯が替わったとは思わないか」

「えっ、そうですか」

富士太郎は注意して飯を口に運び、咀嚼してみた。よくわからない。

「珠吉はどうだい」

「替わったといえば替わったような気がしますけど、わからないですねえ」

首をひねっている。

「そうか、俺の気のせいかな」

「いえ、そんなことはありませんよ。直之進さんがそういうんなら、きっと替えたんですよ」

富士太郎は箸を置いて立ちあがり、厨房で忙しく働いている浦兵衛にただした。

「えっ、樺山の旦那、よくわかりましたねえ。その通りですよ」

焼き魚を見事にひっくり返して、浦兵衛がいった。

「安い米が入るようになったものですから」

「味はほとんど変わっていないようだね」

「安くても味が落ちちまうようだったら、あっしも替えることなどなかったんですけど、うまかったもので」

直之進もすぐそばに来ていた。話にきき入っている。

「そうかい。ここはもともと安いからねえ。そういうのは助かるんじゃないのかい」

浦兵衛が大きくうなずく。

「そりゃ、大助かりですよ。これで少しは儲かるようになりますからね。いい米屋が売りこみに来てくれたと思っています。これまでの米屋も悪くはなかったんですけど、あまり熱心ではなかったですからねえ」

「じゃあ、替えるのに心の痛みはなかったわけだ」

「そういうことになりますねえ」

富士太郎は直之進に向き直った。

「ということのようです」

直之進が微笑する。

「ありがとう、富士太郎さん」

その笑顔のあまりのかっこよさに、富士太郎はふるいつきたくなった。拳を握り締め、自分にいいきかせる。

そんなことをしたら、おいらたちの仲は終わりだよ。

八

正田屋での飯を終え、直之進は富士太郎、珠吉としばらく歩いた。

直之進の向から方角だと奉行所とは反対になるはずなのに、富士太郎はついてくる。

提灯の明かりは頼りなく、闇のなか富士太郎が体を寄せてこようとする。

直之進はそのたびにするりとかわした。

住みかのある小日向《こひなた》東古川町の隣町の西古川町に入ったとき、路地に数名の男たちがうごめいているのが見えた。

「いいか、痛い目に遭いたくなかったら、手を引け。わかったな」

くぐもったような声がきこえた。それに対する答えは返ってこない。

「返事をしやがれ」

どうやら土地のやくざ者に、誰かがつかまっているようだ。

富士太郎が出ていこうとする。

「俺が行こう。あのやくざ者ども、心得たもので、手はだしちゃいない」

直之進は路地の入口に立ち、どうした、と声をかけた。

男たちがいっせいに振り返る。暗闇のなかでも凶暴そうな顔つきをしているのがはっきりとわかった。

やくざ者は四名、塀を背に囲まれているのは一人の男。

「なんでもありませんよ、お侍。とっとと通りすぎてくだせえ」

「そうはいかんな。その人を脅しているようだが？」

「脅してなんかいませんよ。頼んでいるだけです」

「では、俺もおぬしらに頼もうか。その人を放してもらいたい」

「いやだと申しあげたら？」

「そのときは残念だが、痛い目に遭わせることになる」

「できますかい」

やせ浪人となめた声だ。

「できるさ」

直之進は腰を落として鯉口を切り、殺気をみなぎらせた。

男たちに動揺が走る。直之進の本気と手練を読み取ったようだ。

「わ、わかりましたよ。お侍、そんな剣呑な真似、しねえでおくんなさい」

やくざ者たちがばらばらと立ち去る。

「いいか、本当にあきらめるんだぜ。二度と来るんじゃねえぞ」

立ちどまったやくざの一人が男をにらみつけ、捨て台詞のようにいった。仲間たちの輪に紛れてゆく。

「大丈夫か」

直之進は男に近づいた。

「はい、ありがとうございます。おかげで助かりました」

念のために直之進は提灯で男の全身を照らした。どこにも怪我はないようだ。

「なんのいさかいだ」

「ええ、商売のことです」

「なんの商売だい」

うしろから富士太郎がきく。

「ああ、これは八丁堀の旦那」

男が丸めた頭を下げる。

「申しわけございませんが、そいつはちと申しあげるわけにはいかないんですよ」

男がひらき直ったようにいう。

「そうかい、じゃあきかないよ。直之進さん、行きましょうか」

「俺はこの人を送ってゆく。今の連中が舞い戻ってこぬとも限らん。富士太郎さんたちは帰ってくれ」

「そうですか。わかりました」

いかにも残念そうに富士太郎がきびすを返す。珠吉がていねいに腰を折ってから、あとに続いた。

しかし富士太郎さんは、と思った。だんだんと女になってゆくなあ。

さっきも正田屋で俺に抱きつきたそうな顔をしていた。拳を震わせて必死にこらえていたようだが、もし抱きつかれたら俺はどうしていただろうか。

ひっぱたきはしなかっただろうが、荒々しく突き放すくらいはしたかもしれない。

あんなに大勢の客の前で、そんなことをせずにすんだのを感謝した。

とにかく富士太郎は友なのだ。直之進にそれ以上の思いはない。

「あの、どうされました」

男がきいた。

「ああ、すまん。家は近いのか」

「そんなに遠くはございません。でも大丈夫ですよ。一人で帰れますから」

「いや、これもなにかの縁だろう。送ってゆこう」

男は名乗りはしなかった。家も教えず、不意に、ここまででけっこうですよ、といった。

「おぬし、よほど悪さをしているのか」

「とんでもない。ただの用心ですよ」

直之進は男にわかれを告げて、長屋に戻った。

路地には両側の店の明かりがこぼれ落ち、淡い明るさが満ちている。

それがこの長屋で暮らすそれぞれの家族たちの満ち足りた思いのあらわれのように感じられて、直之進はうらやましかった。

自分の店に目をやる。暗さだけが沈みこんでいる。

障子戸をあけるのにも苦労しそうな重さが、店のなかに漂っている。

一人で暮らすというのは、こういうのがいやだな。

これまで直之進は一人暮らしをしたことがない。沼里にいるときは、家族が常に一緒だった。

その家族も今はない。唯一の家族といえた千勢も同じ江戸にいるとはいえ、遠い存在になってしまっている。

きしむ障子戸をできるだけ静かにあけ、直之進はあがって行灯をつけた。

ほんのりとした明るさに包まれて、心がほっとする。

明かりというのはいいものだな、と心から思う。気持ちを落ち着かせてくれる。

直之進は汗にまみれた着物を脱ぎ捨て、新しいものに着替えた。湯屋に行きたかったが、それも億劫だった。

布団を敷いて横になり、行灯を吹き消した。店は暗くなったが、よそからの明かりが入りこみ、真っ暗というほどではない。

直之進は目を閉じた。

千勢の顔が浮かぶ。次に浮かんだのは、おきくだった。おれんではない。よく似ているが、確信はあった。

つまり俺は、と直之進は思った。千勢以外ではおきくちゃんがいいと考えているのだろうか。

いいなあ、と思ったことは何度もあるが、本気でおきくを意識したことはほとんどなかったと思う。しかし、本当は惚れているのだろうか。

まさかな。

そんなことを考えているうちに、直之進は眠りに引きこまれていった。

障子戸が蹴られたような音を立てた。

その音で、直之進は目覚めた。

誰か来たのか。上体を起こし、障子戸を見た。昨夜、心張り棒をしないままに寝たのを思いだした。

だが、戸は閉じたままだ。

耳を澄ませるまでもなく、強風が吹いているのがわかった。季節が春を告げる頃になるとよく吹く強い風だ。

外はもう明るくなっているようだ。五つすぎといった頃合だろうか。路地から長屋の女房衆のけたたましい笑い声がきこえてきた。

直之進は立ちあがり、土間におりた。柄杓ですくって甕の水を飲む。ぬるいがうまい。だいぶ江戸の水にも慣れてきた。最初はどうも生臭いようなものを感じていたが、今はなんとも思わない。

腹が減ったな。

釜の蓋をあけてみた。なにもない。米がこびりついたままだ。こうなると、なかなか取れない。

水を入れておかねばならなかったのに、と直之進は後悔した。

甕の水を釜に移した。

外に食べに行くしかないが、それも面倒くさかった。

直之進は寝床に戻り、空腹を押さえながら目を閉じた。

眠れるはずもない。

でも黙ってそうしていたら、空腹は感じなくなった。どこか体のだるさがある。

これはなんだろう。佐之助との死闘の影響がまだ残っているのだろうか。

そうかもしれない。あの戦いは思いだすだけでもぞっとする。

よく生きていられたものだ。もっとも、佐之助のほうも同じように思っているかもしれない。

目をあけ、天井を眺めた。こうして今一つ体調がすぐれないときに、なにもしないでいられるというのは実にいい。

だが、このままではいかんな。

今、直之進はなにもすることがない。暮らし向きは光右衛門のもとで働いたときにもらった金があるから、当分心配はいらないが、いずれこのままではいられない。

なにをしようか。できれば、また用心棒がいい。性に合っている。

なければ日傭取でもかまわないが、まだ完全に治りきっていない身には、少々つらいものがある。

怠け者になってきたな。

鍛え直すためにまた中西道場に行こうかと思うが、体の具合がすぐれないのは、この前の弥五郎たちとの稽古も響いているのかもしれない。

この体調は気になるな。

直之進はゆっくりと立ちあがり、両刀を腰に帯びた。土間におり、雪駄を履く。

障子戸をあけると、まだ女房衆が路地にたむろしていた。路地には強い風が舞い、洗濯物がばたばたと音を立てている。

「あら、湯瀬の旦那、今お目覚め？」

「とっくに起きていたさ」

「朝ご飯は？」

「食べておらん」

「お出かけですか」

「ちょっとな」

「湯瀬の旦那、今日はいい天気ですねえ」

「ああ、本当だな」

　これは今気づいた。もやっている感じはあるが、空は晴れており、太陽は高い位置にのぼりつつある。陽射しには冬の頃のか弱い感じはなく、力強さを備えはじめている。

「どちらに行くんです」

「医者だ」

「あら、どこか悪いんですか」

「ああ、悪いとこだらけだ」

「湯瀬の旦那は、悪いところなんかないですよ。いい男だし、やさしいし」

「あら、あんた、なに一人でほめてんのよ。湯瀬の旦那に下心でもあるの」

「あるに決まっているでしょ」

　口のなかが見えるような豪快な笑いが響く。

「あんたの亭主と湯瀬の旦那じゃあ、ちがいすぎるものね。そりゃ仕方ないわ」

「あんたの亭主だって、太っているだけじゃない」

「あんたのところのがりがりよりましよ。きっとあそこもがりがりなんでしょ」

「なんですって」

女房たちは相変わらずとめどがない。

「では、これでな」

直之進はほうほうの体で路地を歩きだした。

「お気をつけてね」

「お大事に」

背中に声がかかる。

「ありがとう」

直之進は律儀に返して歩を進めた。長屋の木戸を抜けたときには、ほっとした。

向かったのは本当に医者のところだ。四、五日に一度は必ず来てください、といわれていたが、ここ最近まったく行っていない。

叱られるかな。湯瀬家がかかっていた医者は、厳しくて怖い人だった。

そのためか、どうも医者は苦手だ。

そんな思いを抱きつつ、直之進は堅順《けんじゅん》のもとにやってきた。

堅順は光右衛門が紹介してくれた町医者だ。腕はすばらしい。本道もこなすが、傷を治すすべに長《た》けている。

堅順が、佐之助から受けた傷をよくしてくれたといっても過言ではない。

「ちょっと敷居が高いんですが、診《み》てもらえますか」

「もちろん。それが商売ですから」

直之進は諸肌を脱ぐようにいわれた。

「突然やってきたというのは、調子が悪いからですか」

「実をいえば」

「ふむ、さようですか」

堅順は直之進の傷跡を丹念に見ている。

「大丈夫ですね。具合が悪く感じるのは、よくなっている証拠といっていい。安心してください」

「そうですか。ありがとうございます」

さすがにほっとする。直之進は着物を着直し、一朱の代を支払った。

「おそらくあと半月ほどで全快ということになりましょうな」

堅順はほがらかに笑っている。

直之進は、自分の顔にも喜色が浮かんだのがわかった。

しかし、とすぐに考えた。ということは、佐之助も似たようなものだろう。

再び対決のときが迫りつつあるのだ。鍛えなければならない。やつにおくれを取るわけにはいかぬ。

礼をいって外に出ようとしたとき、直之進は堅順に呼びとめられた。

「ちょっと顔を見ていただきたい人がいるのですが」

堅順が隣の間に通ずる襖をあけた。

一人の男が布団に横になっている。目を閉じているが、眠ってはいないようだ。

「患者さんですね」

「まあ、そうなんですが」

歯切れが悪い。堅順は襖を閉め、もとの場所に正座した。直之進は向かいに座った。

「どうしたんです、今の人」

低い声できいた。

「深手を負っているんです。でも命に別状はありません」

「顔を見てほしい、というのは？」

「それなんです」

堅順によると、おととい、知り合いの医者が自分では手に負えないからといって、連れてきたのだそうだ。

「そんなに重い傷なんですか」

「ええ、足にひどい刀傷を負っています。歩けなくなるようなことはないでしょうが」

「誰にやられたのか、きいたのですか」

「もちろん。でも話さないんです」

堅順が言葉をいったん切る。

「それで、湯瀬さんに顔を見てもらって、お上に届けたほうがいいかどうかを判断していただきたいんですよ」

堅順は、直之進が富士太郎と親しいのを知っている。

「なるほど、そういうことですか」

直之進は立ちあがり、襖に手をかけた。堅順がうなずくのを見てから襖を横に滑らせ、男の顔をじっくりと見た。

敷居を越え、男のそばに座りこむ。

気配を感じたか、男が目をあけた。瞳の奥に光があり、直之進は強い意志を感じた。

「おまえさん、何者だ」

男は答えず、直之進を見ているだけだ。意志の光は輝き続けている。

「誰にやられた」

これにも答えはない。

「おまえさんのこと、御番所に届けてもいいか」

男はかたく口を引き結んでいる。

本当に届けるべきなのか、直之進はなんともはかりかねた。

ただ、やめてくれ、と男がいわんとしているようにも見えた。

その直感にまちがいないか、直之進は男の顔をじっと見た。

顔をあげ、堅順に視線を移す。

「このままにしておけばいいんじゃないですか。悪さをするようには見えませんし、悪さができる体でもないでしょう」

傷が治ったら、黙って出てゆくのではないか、と思えた。おそらく代はあとで払いに来るのだろう。

そういう律儀さを、この男は持ち合わせているように感じた。少なくとも悪者ではない。

「わかりました」

堅順は深くうなずいた。

「湯瀬さんのいう通りにしましょう」

九

利八は、目の前の男を見据えた。

男は動じない。

利八は苛立たしさを覚えた。店の奉公人たちではこういうわけにはいかない。畏れ入って、たいてい目を伏せてしまう。

だがそれは奉公人だからだろう。別にわしに威厳があるわけではないのだ。

本来なら離れに通すべきだろうが、そこまで大事な客とは考えていない。入口そばの座敷に通した。

はやく帰ってほしい、という気持ちのあらわれだが、男はただにこにこしている。腰をあげようとする気配はない。

男は儀右衛門《ぎえもん》といい、運送を生業としているという。これが二度目の来訪だ。

「儀右衛門さん、何度見えても答えは同じですよ」

「そこをなんとかお願いします」

儀右衛門は僧侶のように丸めた頭を深く下げる。

「無理です。売る気はありません」

利八は頑としてはねつけた。

儀右衛門が顔をあげる。いい暮らしをしているらしく、でっぷりとした下ぶくれの顔をしている。目が肉に押されたかのように細く、鼻は垂れ下がる頬や顎に引っぱられたように低い。体にもたっぷりと肉がつき、正座がきつそうに見える。

ただし、利八に膝を崩すようにいう気はなかった。

「でも利八さん」

なれなれしく呼ぶな、と声を荒げたかった。

「こちらは護国寺も近くて、いい場所なんですよ。是非とも居抜きで売っていただけたら、と思っているのです。手前は今、運送だけでなく、料亭のほうにも手をのばしているのですよ」

「それは前もおききしました。何度も申しているように、売る気はありません。お引き取りください」

「いいお話だと思うのですけどねえ。お足のほうも弾ませてもらいますよ」

「金でどうこうするつもりはありません」

「でも利八さん」

また呼ばれ、利八は膝頭を握る腕にぎゅっと力をこめた。

「跡取りのこともあるでしょう。失礼を申しあげれば、利八さんも若くはない。その跡は誰が継ぐのです。孫娘のお咲希ちゃんですか。でもまだ八歳ですね。利八さんにもし万が一のことがあった場合、店は立ちゆくのですか。手前にまかせたほうが、奉公人たちも安心して仕事に励めると存じますよ」

利八はかっとなった。

「大きなお世話です」

畳を蹴って立ちあがる。

「お引き取りください」

利八は儀右衛門を追い立てるようにして帰した。

まったくなんて男だ。

儀右衛門がいなくなってからも、しばらく怒りがおさまらなかった。手つかずの茶を飲み、なんとか気持ちを落ち着けた。腹も減っていたので、茶請けの小さな饅頭も口に放りこんだ。

ふう、とため息をつく。

儀右衛門を相手にして疲れたというより、むしろ利八がこれまで悩んでいたことを突かれたというのが大きいのかもしれない。

利八は、七年前にはやり病で逝ってしまった息子夫婦のことを思いだした。仲のいい夫婦だった。店のほとんどはもうまかせていたといっていい。もし二人が今も健在だったら、利八はとうに隠居していただろう。

もしわしが死んだら、この店はどうなるのか。奉公人たちはお咲希を守り立てて、店を守っていってくれるのだろうか。

心配がいらないのは、と利八は思った。千勢さんだけだろうな。

しかし千勢は女だ。いつ店をやめたところでおかしくない。頼りにはできないし、店に縛りつけることもできない。

もし儀右衛門がいうように、この店を売り払ったらどうなるか。

大金が手に入るのはまちがいないだろう。

それでお咲希のことはまず心配いらない。奉公人たちはそのまま働けるわけだし、料永という名を儀右衛門はつかい続けるはずだ。

考えれば考えるほど、いい話のように思えてきた。

たわけたことを。

利八は自らを叱った。どうしてこの店を手放すことができよう。

利八は五代目だ。五代目で他の者の手にゆだねるわけにはいかない。

わしがこの店を守ってゆくのだ。

お咲希に婿を取ってもらえば、跡取りのことも解決する。

あとは、お咲希が婿を取るまでわしが生きていられるか。

いや、大丈夫だ。わしはお咲希のためなら生き抜いてみせる。

利八は座敷に、仕入れ担当の善造を呼んだ。

「お呼びでしょうか」

「例の一件だ。話はついているね」

「はい、すでに」

「では、出かけようか」

「手前も行くのですか」

「当然だろう。おまえさんには、わしを引き合わせる役目がある」

利八は善造と一緒に店の外に出た。

千勢が店の前に水を打っている。

「お出かけですか」

明るく声をかけてきた。

「ああ、ちょっとな」

利八は歩きだそうとしたが、とどまった。

「お登勢さん」

「はい、なんでしょう」

「お咲希のこと、よろしく頼む」

「はっ、はい……」

いきなりいわれ、千勢は面食らっている。実際、利八も驚いていた。どうしてこんな言葉を口にしてしまったのか。

利八が向かったのは、善造が新たに仕入れ先とした米屋だ。

昨夜、ふと思いだしたのだが、五十年近く前にも似たようなことがあった。まさか、また同じことが行われているのではないか。

あの事件のことを覚えている者はいるのか。いや、そうはいまい。

いるとしても、もはや現役として働いている者はほとんどいないだろう。

善造は料永のある大塚仲町から、ほぼ東にまっすぐにのびる道を進んでいる。

善造が足をとめたのは巣鴨仲町だ。

「こちらです」

利八は店に掲げられている扁額を見つめた。

伯耆屋とある。米屋としてはかなり大きなつくりだ。暖簾が白っぽい光を浴びて、穏やかに揺れている。近くには、小禄の旗本や御家人の屋敷が集まっている。

「よし、行こう」

利八は店に足を踏み入れた。

「いらっしゃいませ」

元気のいい声がかけられた。

善造が手代らしい男と話している。手代が、少々お待ちください、と内暖簾を払って奥に引っこんだ。

すぐに戻ってきて、おあがりください、とていねいにいった。

奉公人はよくしつけられている。信用できる店かもしれない、と利八は思った。

手代の案内で座敷に入り、正座した。善造もかしこまっている。

「お待たせしました」

襖があき、男が入ってきた。

「鷹之助《たかのすけ》と申します。どうぞ、よろしくお願いいたします」

深々と頭を下げる。利八も名乗った。

「本日はわざわざお運びいただき、ありがとうございます」

「いえ、かまいません。年寄りになると出歩くのが億劫になりますから、こういうのはむしろありがたい」

「さようですか」

鷹之助は笑みを浮かべた。米屋のあるじらしからぬ鋭い目をしているが、鷹というほどではない。このくらいの目を持つ男なら、利八は何人も見てきた。

「どうぞ、召しあがってください」

鷹之助が茶を勧める。

「では遠慮なく。――おまえさんもいただきなさい」

善造にいってから利八は湯飲みを手にし、茶をすすった。

上等の茶葉だ。すっきりしたなかに、深いこくと甘みがある。見かけ通り、内証は豊かなのかもしれない。

利八はそっと湯飲みを置いた。それを見て善造も茶托に戻す。

鷹之助が口をひらく。

「料永さんほどの名店に米を入れられるようになって、手前、とても喜んでいます。手前どもの米、お気に召していただけましたか」

「あの値であの味というのは正直、信じがたい。でも伯耆屋さん、どうしてあれだけ安くできるのですか」

鷹之助はにっこりと笑った。

「一言で申せば、努力の積み重ねといったところでしょうか」

「努力で二割も引けますか」

「ええ、なんとか」

「それだけ引いても、なお儲かっているのですよね」

「それはまあ、商売ですから」

「どんな努力をしたのです」

「米の産地まで足を運び、そこで買いつけたりもしましたよ」

「お百姓からじかに、ですか」

「ええ」

「どこの米です」

善造からは上州ときいているが、本人の口から確かめたかった。

「上州が多いですね」

「上州にこだわっているのですか」

「そういうわけではありませんが、あの国は幕府領が多く、お百姓が豊かですからね」

利八は眉をひそめた。幕府領が大名領より年貢などがゆるやかなのは耳にしたことはあるが、上州には代官所があって、取り立てが厳しいとの噂がある。あくまでも噂だから、真実を衝いているかはわからないのだが。

「ほかにも扱っている米があるのですね」

「あとは仙台ですね」

となると伊達家だ。

「それもじかに？」

「いえ、それはさすがに無理です」

「では、仲買業者をつかっているのですね」

「ええ、そうです」

「どちらの仲買業者です」

「それは……」

鷹之助はいい渋った。

「いいたくないのですか」

「いえ、そういうわけではありません」

しかし本当なのか、と利八は思った。よそより二割安い上に、まだ仲買業者のような者がいるのだ。いったいその仲買業者はどれだけ安く仕入れているのか。

いや、それともやはり……。

おそらく鷹之助は産地になど行ったことはあるまい。ほとんどの仕入れは、その仲買業者がまかなっているのではないか。

「利八さん、仲買業者の名は今はご勘弁ください」

「どうしてです」

「安売りしていると、いろいろいってくる者がいるようでして、できるだけ表に立たないようにしているらしいのです」

しばらく利八は黙っていた。

「その仲買業者に会わせてもらえませんか」

鷹之助が驚いたように見る。

「これだけ安いのなら、商売仲間に紹介してやりたいんですよ。でも、やはり仲買業者に一度は会っておかないことには、安心して紹介できないですからね。米が必要な量だけまわってくるか知りたいですし、仲買業者の人となりもこの目で確かめておきたいですし」

利八は微笑した。相手に安心を与える笑みであるのを知っている。

第二章

一

土崎《つちざき》周蔵《しゆうぞう》か。

これがいい名なのか、周蔵は以前から考えている。

自分に合っている名か。

合っていないにしても、今さら変えるわけにはいかない。

一生、この名を背負ってゆくのだ。

それでもいい。これまでほとんど苦労したことはないし、つらい目に遭ったことともない。金にも女にも不自由したことはない。

これからも同じだろう。

「茶をくれ」

周蔵は声を張りあげ、小女を呼んだ。

「はい、ただいま」

周蔵は湯島五丁目の茶店にいる。あたりに鋭い視線を放っていた。

野郎、どこに行きやがった。

殺し損ねた男。足に傷を負わせたから、さして遠くには行っていないはずだが、すでにかなりときがたってしまっている。

お待たせしました、と小女が茶を持ってきた。縁台に置かれた大ぶりの湯飲みを取りあげ、周蔵は茶を喫しようとした。

自分の顔がゆがんで映っている。なかなかいい男じゃねえか。目が澄んでいるし、顔全体が怜悧な感じがするところもいい。

人は、感情を映じていない瞳、とでもいうかもしれないが、そんなのは気にしない。

ほしいものをあえていえば、顔ではなく体のほうだ。

少しやせすぎていると思うのだ。肩が角張っていて、見た目は格好いいかもしれないが、本人はあまり好きではない。

たくさん食べるようにしているが、ちっとも太らない。このあたりは仕方ないのかもしれない。子供の頃からこうなのだ。

名を変えれば太れるだろうか。

いや、そんなことはあるまい。

茶を一気に飲みほした。熱かったが、さして気にもならない。

よし、捜すか。周蔵は立ちあがり、代を支払った。ありがとうございました、またどうぞ、の声に送られて歩きだす。

かといって、どこを捜すかという見当はついていない。

医者のところか。

あの傷なら医者に駆けこむ以外、助かる道はあるまい。案外、どこかでくたばっているというのも考えられる。

いや、どうだろうか。俺の斬撃を急所からはずしてみせた男だ。そんなにたやすくたばるものか。

やつは生きている。捜しださねば。

やはり医者をめぐるしかあるまい。だが、江戸にいったい何人の医者がいるのか。

考えるだけで疲れてくる。

とりあえず医者という看板を見かけたら、なかに入ってみることに決めた。

ぶらぶらと道を歩いた。

ふと視線を感じた。なんだ、これは。

すぐにわかった。掏摸《すり》だ。三人いる。

歩調を崩すことなく、周蔵は歩き続けた。

一人がうしろから近寄ってきた。周蔵の脇を通りすぎる。

ほう、俺の腕をためしやがった。

うしろから近づいて、それをさとるようなら手練と考えたのだろう。

だが周蔵は気づかないふりをして、わざとぼんやりと歩いた。はなから財布をすらせるつもりでいる。

やれると踏んだか、一人が周蔵の前にまわった。

ふーん、こいつがすり取るのか。

あたたかな陽射しが町に降り注ぎ、気持ちがいい。周蔵はふわあ、と大きくのびをした。

それを隙と見たか、男が一気に寄ってきた。

ほう。周蔵が感嘆したほどの早業だった。あっという間に懐から財布がなくなっていた。

男は周蔵とすれちがうようにして歩いていった。おそらく財布は、うしろで待ち受けている二人のどちらかに渡されるのだろう。

周蔵はそのまま歩き、掏摸たちが十分に遠ざかっていったのを確かめてから、くるりときびすを返した。

三人の掏摸は周蔵が気づかなかったことに安堵したのか、一町以上離れたところを小走りに走っている。背後を警戒してはいない。

周蔵は距離を置いて、三人をつけた。傷を負わせた男のことは気になるが、焦ってみてもはじまらない。気分を変えるためにもいいことだろう。

三人は、湯島植木町にある霊雲寺の境内に入っていった。

広い寺だ。山門を入る。左手に鐘楼が建っている。正面にあるのは本堂ではない。確か、地蔵堂のはずだ。

本堂は奥まった右手のほうにある。

三人は地蔵堂の裏手のほうに姿を消した。

ちょろいもんだったな。そんな声が周蔵の耳に届く。

周蔵は人けのない境内を進んだ。

地蔵堂の陰から顔をわずかにのぞかせる。

三人は周蔵の財布の中身を見て、顔を輝かせている。

「入ってるぞ」

すり取った男が声をあげた。

「十五、六両あるな」

「そんなにか。気づかねえなんて、あの侍、どうかしてるぜ」

三人は金をわけはじめた。すり取った男が十両は手にしたようだ。

「あの間抜けな侍、また会えねえかなあ。また財布をふくらましてくれてると、ありがてえことこの上ねえんだが」

周蔵はずいと前に出た。

「よう」

二人がびくりとし、一人は飛びあがりそうになった。

「会いたいっていうから、来てやったぜ。間抜けな面、してるだろ」

三人は声がない。

「どうした」

三人がじりじりと下がりはじめる。

「逃げるのか。その前に財布を返してもらおう」

男たちは猟師の鉄砲を逃れる鹿のように走りだした。

しかし周蔵のほうがはやい。一人をつかまえ、こちらに向かせたところを腹へ拳を叩きこんだ。

さらに一人をとらえ、首筋に手刀を振りおろす。

三人目はすり取った男だ。塀際に追いつめ、野郎、と匕首をだして突っかかってきたところを手首をつかんでがっちりと受けとめ、顔を殴りつけた。

倒れようとするのを許さず、周蔵は何発も拳を見舞った。男の顔が見る見るうちに腫れあがる。

「勘弁してくだ……」

男があえぐようにいったが、周蔵は耳を貸さなかった。

「おめえ、左手ですり取ったな。左利きか」

男は答えない。

腹に拳をめりこませた。男は咳きこみ、しばらくなにもいえなかった。

「そ、そうです」

「親に直されなかったのか」

「親はいないもので……」

周蔵は男の袖をまくり、入れ墨がされているか見た。まだされていない。この男はつかまったことがないのだ。

三十までしか生きられないといわれる掏摸のなかでは、珍しい。

男の左腕をつかむと、小指から親指まで指を一本一本、折っていった。男がそのたびに悲鳴をあげた。

親指が最もたいへんだった。手の甲のほうへ反りあげることで骨を折った。放してやると、男はうずくまった。

「右手は勘弁してやる。今度掏摸をするんだったら、右手で励むことだ」

周蔵は財布と金を取り戻し、男の巾着を手にした。なかには、五両ほど入っていた。

「けっこう持ってるじゃねえか。これだけあるんなら、掏摸なんかやること、なかったんじゃねえのか」

周蔵は歩きだし、まだ動けずにいる二人からも金を取りあげ、巾着を奪った。

三人の巾着を合わせると、十両ほどになった。まずまずの稼ぎだな。

その後、いい気分で医者をめぐり歩いたが、傷を負わせた男には会えなかった。手がかりも得られない。

日が暮れてきて、風が冷たくなってきた。

腹が減ったな。どこか一膳飯屋でもねえかな。

捜しながら歩いていると、一匹の小さな犬が風に吹かれるように近づいてきた。餌を求めているのか、鼻を鳴らしている。

「おめえ、餌がほしいのか」

声をかけると、野良犬は安心したように近づいてきた。

周蔵はにっと笑い、殺気をあらわにした。犬がびくりとし、跳びはねかけた。

そのときには周蔵は悠々と歩きだしていた。

うしろで犬が甲高い声をあげた。

周蔵はちらりと振り返った。犬はひっくり返っている。腹のところからおびただしい血を流していた。臓腑も見えている。

あんな犬、ああしたほうが身のためだ。

近くには人けはない。もしいたとしても、周蔵の斬撃が見えたはずもない。

この江戸に、俺の斬撃が見える男がいるのかな。いるなら会ってみたいものだ。

しばらく歩いて周蔵は足をとめた。

女のあえぎ声がきこえてきたからだ。裏へ一本入った路地に、女郎宿でもあるのかもしれない。

そう考えたら、いくつものあえぎが波のように重なってきこえてきた。

周蔵は道を折れ、目当ての建物の前に立った。新しい建物ではないし、こぢんまりとしているが、奥行きはかなりありそうだ。

いわゆる鰻の寝床ってやつだな。

暖簾一つかかっているわけではなく、古くて文字がはげている扁額が建物に掲げられているだけだ。

入るか、と周蔵が足を踏みだしたとき、戸があいて腰の曲がったばあさんが出てきた。

このばあさんが相手をするんじゃねえだろうな、と思ったが、遣り手婆かもしれない。今、客を案内したばかりのようだ。

「お侍、遊んでいきますか」

意外につやのある声で呼びかけてきた。

「頼む」

二階に連れていかれた。

「お好みはありますか」

「選ばせてくれるのか」

「うちではそういうことはしていません。でも粒ぞろいですから、安心してくださってけっこうですよ」

部屋はこぎれいにしてあった。

布団が敷いてあり、その上であぐらをかいて待っていると、女があらわれた。

年増は年増だが、まずまず見目はいい。気に入った。

周蔵は女を押し倒した。女が小さく嬌声をあげる。周蔵は半襦袢をはだけ、乳房をまさぐった。

ぎゅっとしぼるようにつかんだ。力を一気にこめる。乳首をもぎ取ろうとする。

「い、痛い。やめてください」

眉根を寄せて身もだえる顔に見とれ、周蔵はさらに手に力をこめた。

「やめて、やめて」

女郎が周蔵を叩く。

周蔵は手を放した。

女は半身を起きあがらせ、痛い、痛い、と泣き叫んでいる。

「うるせえ、黙れ」

周蔵は顔を張り、再び女郎を布団に押し倒そうとした。いや、と女が拒む。

「どうかしたんですかい」

宿の者が襖越しに声をかけてきた。

「うるせえ」

「あけますよ」

頬がこけ、鋭い目をした男が顔をのぞかせた。周蔵の腕を振り払った女郎が這い出るように外へ逃れた。

「お侍、なにをしてくれたんですかね」

「なにも」

「外に出ていただけますか」

「どうしてだ」

「大事な商品を痛めつけられて、黙っているわけにはいかないものでね」

「やめといたほうがいいぞ。痛い目に遭うのはきさまらのほうだ」

この女郎宿で働いている男が四人、あらわれた。いずれも目つきが鋭く、すさんだ顔つきをしている。

「外に出てもらえますかい」

一人が低い声でいう。

周蔵は耳の穴をかいた。指先をふっと吹く。

「野郎っ」

怒号して突っこんできた。健気にも匕首などは持っていない。

「残念ながらそれでは――」

すばやく立ちあがった周蔵は飛びかかろうとした男をいなし、顎を殴りつけた。男がくんと体を揺らし、その場に沈みこむ。

「赤子も同然だな」

てめえっ。また突っこんできた。匕首を手にしている。

猛った蛇のようにのびてきた右腕をがっちりとつかみ、周蔵は逆手にひねった。

痛てて。男が情けない悲鳴をあげる。そのままぐっと力をこめた。

ぐきっ、と音がして、肩がはずれた。男が断末魔のような声をだす。

「安心しな、このくらいじゃあ、死にやしねえよ」

残りの二人も匕首を手にかかってきたが、数瞬後に一人は襖を破って気絶し、もう一人は階段を転げ落ちていた。

「だからいったろ」

周蔵は男たちを見まわした。

「痛い目に遭うのはおめえらのほうだって。ほら、医者に診てもらえ」

掏摸から奪った金をばら撒き、周蔵は悠々と階段をおりた。

二

堅順のもとにいた男が頭に引っかかっている。

あれは何者なんだろう、と直之進はあらためて思った。まだ傷が癒えないだろうから、今も堅順のもとで養生しているはずだ。

顔を見に行ったところで、なにもいうはずがないが、どうにも気にかかる。

誰かに追われていたのか。むろん、傷を負わせた男だろう。

傷を見せてもらえば、どういう手合いにやられたのかわかるのではないかと思うが、それがわかったからといって、どうにもならない。

あの男自身、どういう男にやられたのか、正体を知っているのだろう。

あの男が悪者とは思えない。直感にすぎないが、やはりあの意志を感じさせる瞳がそう思わせる。

信念を持って仕事をしていて、狙われたのではないか。

あの男、仕事はなんなのだろう。

侍ではない。職人などでもない。

裏の仕事をしている腕利き。直之進はそんな感触を抱いた。

岡っ引や下っ引の類だろうか。

岡っ引なら、手札を預けた同心がいる。それならば、その同心につなぎを取ればすむ話だが、あの男は奉行所に連絡するのはやめてほしい、という表情を確かにした。

となると、岡っ引のような者ではない。

わからんな。何者なんだろう。

江戸は広く、人は多い。直之進の予想もつかない職業があるにちがいない。

直之進は、気合や竹刀の音がきこえだしたのに気づいた。

顔をあげると、中西道場が迫っていた。

訪いを入れた直之進は道場に案内され、さっそく着替えをすませた。

「直之進、懲りずによく来てくれた」

「俺も楽しみなんでな」

「そういってもらえるとありがたい」

「中西さんのもと家臣という人は、見えているのか」

「いや、まだだ。今、道場主自ら迎えに行っている。じき来るはずだ。体をあたためておいてくれ」

琢ノ介が道場を見渡す。にやりと笑った。

「弥五郎がやりたそうな顔をしているな」

琢ノ介が手招くと、犬のように喜び勇んでやってきた。

「弥五郎、直之進の相手をしてやってくれ」

「喜んで」

直之進は竹刀を手に、弥五郎と向き合った。この前みたいに門人たちがずらりとまわりに座りこむようなことはなかったが、ほとんどの者が稽古の手をとめて見ている。

「湯瀬さん、存分にいかせてもらいますよ」

「ああ、遠慮はいらん」

気合とともに床板を蹴って、弥五郎が突っこんできた。

面を狙ってくる。それを胴に変化させた。

しかし直之進は惑わされることなく、横にすっと動いた。がら空きの背中がある。胴を抜くのはたやすかったが、見逃した。

「あれ」

弥五郎があわてて向き直る。

直之進は単にこれまで見せたことのない足さばきを披露したにすぎないが、弥五郎は明らかに面食らっている。

「弥五郎、次は容赦せんぞ」

「望むところですよ」

うなずいて、直之進は竹刀を構え直した。

弥五郎が突っかかってくるところを足をつかってかわし、遠慮なく打ち据えた。

そうやって何度か打ちこんでいるうちに、へとへとになったのは弥五郎だった。

「もう駄目です」

床にへたりこむ。

「剣術ってのは、竹刀を振るだけじゃないんですねえ」

「そういうことだ」

「湯瀬さんの足さばき、どうやったら会得できるんですか」

「鍛錬、修練の積み重ねしかないな」

「どのくらいやれば、湯瀬さんみたいにやれるようになるんですか」

「そうさな、最低でも十年か」

「えっ、そんなにかかるんですかい」

「おぬしなら七、八年ほどでなんとかなるかもしれん。でも焦らないことだ。どのみちこの道に入ってしまった以上、常に上達を目指すしかないわけだから」

「湯瀬さんも、さらなる上達を目指しているわけですか」

「当然だ。死ぬまで修行だな」

「そういうものですか」

背後に気配を感じ、直之進は振り向いた。

中西悦之進が入ってきたところだった。うしろに浪人らしい男が五名、続いている。

直之進はそのうちの一人に目をとめた。

その者だけ遣い手の衣をまとっており、今日の相手であるのがわかった。よく落ちた腰、よどみのない足運び、目の配り、隙のない物腰など、遣い手の条件をすべてそろえている。

「お待たせしました」

悦之進が寄ってきた。

「兵助、来てくれ」

悦之進がさっきの浪人を呼んだ。

「こちらが噂の湯瀬直之進どのだ。湯瀬どの、この男が矢板兵助です」

直之進は、よろしくお願いします、と挨拶した。兵助もていねいに返してきた。

「道場主、さっそく見せてもらいましょうか」

琢ノ介がいい、兵助がうなずいて納戸に向かった。

着替えを終えて出てきた兵助に竹刀を手渡す。

「二人とも前に」

琢ノ介が審判役だ。

「三本勝負でいいな」

直之進に異存はない。兵助は顎を引いてみせた。

直之進は蹲踞《そんきょ》の姿勢を取った。

兵助も同じだ。微動だにしないところが、遣い手らしい。

「はじめ」

竹刀を正眼に構えた直之進はまず様子を見てみようか、という気になっている。兵助がどんな剣を遣うのか知りたかった。

もっとも、兵助も同じだろうから、しばらくは互いに様子見になるかもしれない。

しかし兵助は剣尖を軽く揺らすと、一気に突っこんできた。床板を蹴るようなことはなく、ほとんど足音がしなかった。

思わず直之進が舌を巻くほどの鋭い出足だった。すばらしいなめらかさで、こういうのを弥五郎に見習ってほしかった。

そんなことを思っているうちに、竹刀が振りおろされた。

さすがに弥五郎とはくらべものにならないはやさで、直之進は佐之助との戦いを思いだした。佐之助の剣はもっとはやかった。

直之進は楽々と弾きあげた。それで兵助の腰が浮くようなことはなかった。すぐに胴に見舞ってきた。直之進はうしろに下がることでかわした。

兵助がつけこむように逆胴に竹刀を振る。直之進は横に打ち払った。

兵助は面を狙ってきた。直之進は見切ってよけた。

兵助はかまわず胴に振ってきた。直之進は足さばきでかわした。

兵助は足さばきなら自分のものだとばかりに間合をつめてきた。

突きがきた。いきなりこんな大技を持ってくるとは、と思ったが、直之進は軽くよけた。

目の前にがら空きの胴が広がっているはずだった。

しかしすでに兵助は体をねじり、こちらに向き直っていた。

直之進が繰りだそうとした胴をかわしてから、面への一撃を加えようとしていた。

やるなあ、と直之進は素直に感嘆した。突きのあとのあれだけの体のひねりは、そうはできるものではない。

直之進は胴に振ろうとしていた竹刀をとめ、すっとうしろに一歩下がった。

う、と兵助が意外そうな顔をつくった。

それも一瞬で、また突っこんできた。

兵助の剣は、常に攻勢に出ることを旨としているようだ。休みなく竹刀を繰りだすだけの体力の裏づけもあるのだろう。

兵助の竹刀が胴を襲う。直之進は打ち払った。

兵助が小手を狙い、続けざまに面を打ってきた。これも直之進は竹刀で弾いた。

自分の攻撃が通用しないのに気づき、兵助の顔に焦りが見えはじめた。

竹刀は激しく繰りだしてくるものの、いっときののびはもはや失せていた。

直之進はちらと琢ノ介を見た。琢ノ介は勝負ありを確信している顔だが、手加減するのはよせ、といっているように見えた。

兵助の竹刀を打ち返しつつ、さっきの突きがくるのを待った。

兵助が面を狙い、胴を打ってきた。さらに逆胴にも。

くるな、と直之進は直感した。次の瞬間、やはり突きがきた。

よけるまでもなかったが、直之進は竹刀の下をぐり抜けた。

体をひねった兵助が、胴を狙った直之進を打とうと竹刀を振りあげている。

その前に直之進は兵助の懐に飛びこみ、竹刀を振り抜いた。

防具を鋭く叩く音がしたときに直之進は、すでに兵助の間合の外にいた。

おそらく兵助には、直之進が消えてしまったとしか思えなかったはずだ。はじめて立ち合ったときの弥五郎のように、目をぱちくりさせている。

「一本」

琢ノ介が大声で宣する。

「二本目をお願いいたす」

兵助がいい、ときを置かずにはじめられた。

兵助は必死に攻めてきた。俺は実力の差など認めんぞ、とでもいいたげな攻めだ。

直之進はすべての竹刀に応じ、かわすような真似は一切しなかった。

兵助の竹刀に再び切れがなくなった。直之進は攻撃を仕掛けていった。

まずは面を狙った。かろうじて兵助がかわす。

さらに面を打った。これも兵助は受けとめた。その顔に脂汗が流れはじめている。

直之進は突きを狙った。兵助がぎりぎりでかわす。

兵助がしめたという顔をしたのが目に入る。直之進は体をねじりこむようにして竹刀を引き戻し、胴を打ち貫こうとした兵助の竹刀を横にはたいた。

右脇を力なく広げられて、あっ、と兵助が声を漏らす。

直之進は面に竹刀を打ちこんだ。

板でも弾けたような音がし、兵助の腰が砕けた。石でも叩きつけるような勢いで尻が床に落ちた。

琢ノ介が直之進の勝ちを宣する前に、まいりました、と兵助がいった。

面を取り、首を振る。

「いやあ、湯瀬どの、すごい腕ですね」

「ありがとうございます」

「ここまで強い人には、はじめてお目にかかった。敬服します」

「それがしもいい試合ができた、と思っております。ありがとうございました」

これだけ動ければ十分だろう、と直之進は安堵した。昨日の体調の悪さもすでに消えている。

「いいものを見せてもらいました」

立ちあがった悦之進が頭を下げる。

「湯瀬どのはすごい」

「師範、わしの代わりに雇いたいなどといわんでくださいよ」

「正直いえば、そうしたい」

「ええっ」

「いや、冗談です」

悦之進が快活に笑い、すぐに真顔に戻った。

「平川さんはなにしろ教えるのが上手ですし、皆に好かれていますから、これからもずっとお願いします」


中西道場を辞した直之進は、米田屋の暖簾をくぐった。

「いらっしゃいませ」

声をかけてきたのはおあきだ。声に張りが出てきたし、顔の色つやもよくなっている。家族とすごすというのは、やはり薬なのだろう。

「湯瀬さま、その節はいろいろとお世話になり、ありがとうございました」

「ああ、いや、そんなのはいいよ」

直之進は土間に立ち、店を見渡した。

「米田屋は外まわりかい」

「はい」

「相変わらず元気なんだな」

「ええ、とても」

おあきは笑顔もきれいになっている。やつれていたときも美しかったが、やはり人というのは光り輝いているときのほうがずっといい。

「おあきさんも、明るくなってきたな」

「ええ、なんとか。暗くしててもあの人は戻ってきませんし、それに祥吉が……」

「祥吉がどうかしたのか」

「まだずっとあのままなんです。あの子を元気づけるためにも、私まで暗くなっていられないですから」

直之進もなんとか祥吉を励ましたいが、父親の死というのはときをかけるしかないような気がする。

でも大丈夫だろう。人というのは、いつまでもくよくよしていられるものではない。それ自体に疲れてしまう。

「心配いらないよ。きっと前に戻るさ」

「私もそれを願っています」

「祥吉は今なにを」

「奥の部屋にいます」

「一人で？」

「いえ、おきくが面倒を見てくれています。私より口数が多いし、祥吉も口にこそだしませんが、なついている様子ですし」

「そうか。おきくちゃんなら安心だな。――仕事のことは、おあきさんにいえばいいのかな」

「はい、まだ慣れませんけど、ご希望があればおっしゃってください」

「用心棒仕事はないかな」

おあきが帳面を繰る。

「申しわけございません、今のところは」

「そうか」

「あるのは中間や日傭取、人足仕事といったところです。そちらはいくらでもありますが、湯瀬さまに紹介するのには申しわけないような仕事ばかりです。湯瀬さまの腕を生かせる仕事が入ったら、必ずご連絡します」

「ありがとう、よろしく頼む」

米田屋を出ると、春の穏やかな陽射しに包みこまれた。

直之進はのびをした。やわらかなあたたかみが体に力を与えてくれるようだ。

三

くそっ、どこに行きやがった。

土崎周蔵は斬り損ねた男の行方を捜しまわっているが、一人ではどうにも埒があかない。

医者を手当たり次第に当たっているが、今のところあの男の手当をしたという医者にはめぐり合っていない。

もっとも、足を斬ったといっても、命に関わるほどの傷ではない。本復はまだだろうが、またこそこそ嗅ぎまわりはじめるのは、そんなに遠くないだろう。

遠くないといっても、この俺の斬撃を受けているのだから、五日は少なくとも寝ていなければならないはずだ。

結局、なにも手がかりを得られないままに、一日が終わった。

くそっ。おもしろくない。

周蔵はあたりに視線を這わせた。また犬でもいないかと捜したが、残念ながら近くをうろつくような間抜けはいなかった。

やつは何者なのか。周蔵は歩きながら考えた。

これははっきりしている。札差の的場屋登兵衛《まとばやとうべえ》の手先だろう。確証はないが、まずまちがいない。

医者を当たるのにはもう飽きた。的場屋を張ってみるか。

はなからそうすべきだったな、と周蔵は自らの頭をこつんと叩いた。医者など当たらずに、的場屋へまっすぐ行っておけばよかったのだ。

やつはなにが起きたか、的場屋に報告するはずなのだから。

しくじったな。もしかすると、やつはもう店に入ったかもしれない。

いや、今からでも大丈夫だ。周蔵は小田原提灯に火をつけ、足早に的場屋に向かった。

蔵前に着いたときには、夜が完全に江戸を支配していた。

周蔵は、的場屋の裏口近くの路地に身をひそめた。

このあたりはびっしりと札差の家が並んでいる。大儲けしている連中だ。半刻ばかりしたとき、なにかの気配を覚えた。来たか、と思ったが、誰も姿をあらわさない。

周蔵は勘ちがいとは思わなかった。あの男が的場屋のなかに今まさに入りこんだのは、まずまちがいない。

俺さまの裏をかいて、正面から入ったのかもしれない。

堅順という医者は、閉められた襖の向こうで急患を診ている。腹痛の子供だ。来たときは泣き叫んでいたが、堅順がやさしくあやすと泣きやんだ。

いい腕をしているな、と和四郎は思った。この医者にかかったおかげで、足の傷も膿まずにすんだのではないだろうか。

かすかに痛みはあるが、もう傷はふさがっているようだ。むろん激しい動きをすればひらいてしまうだろうが、今はそんなことにならないように祈るしかない。

子供の手当は続いている。襖越しに堅順のほうに深く頭を下げてから、和四郎は腰高障子を音もなくあけた。
すでに暗いが、夜になりきってはいない。かすかに夕暮れの名残が漂ってい
る。
静かに裏庭におり、障子を閉じた。
背の高い垣根になっている。ふだんなら飛び越えられるが、垣根の上を腹這う
ようにして越えた。腹と足に枝が刺さって痛かった。
提灯も持たずに裸足で歩いた。
的場屋の近くに来た。あたりの気配を嗅ぐ。あの凄腕の侍がいないか。
わからない。いないと信じた。
裏口はむしろ危険な気がし、堂々と正面から入った。
すぐに奥の座敷に通された。我慢して正座していると、廊下を渡るあわただし
い足音が響き、あるじの登兵衛が姿を見せた。
「生きていたか、和四郎」
手を取らんばかりに喜んでくれた。
「顔色が悪いな」
「実は怪我を」

「どこだ」

「足です」

「無理するな。崩せ」

「では、お言葉に甘えさせていただきます」

和四郎はあぐらをかこうとしたが、それもきつかった。

「かまわん、投げだせ」

和四郎はその言葉にしたがった。

「医者には診せたのか」

「はい、腕のいい医者でした。大事ないといっていました」

「そうか、よかった」

登兵衛が身を乗りだす。真剣な眼差しをしている。顔はしわ深いが、瞳は聡明さに澄んでいる。大きい耳は常に人の話をきいてくれる。口が小さいのは、もともと無口だからかもしれない。その割にがっしりとした下顎は、強靭な意志の持ち主であるのをあらわしている。

「なにがあった」

「いきなり襲われました。武七は死にました」

登兵衛が悲しげにうなずく。

「知っている」

「奉行所には？」

「届けていない。武七の身元は明かせん。今、我らが扱っていることを、奉行所に知らせるわけにはいかんからな」

　奉行所といっても金で転びやすい者はいくらでもいる。

「襲ってきた者は？」

「侍です。もしかすると、この店も張られているかもしれません。あれはいったい何者ですか」

「その話はあとだ。どういうふうに襲われたか、話せ」

　はっ、と和四郎は語りだした。

　深夜、武七と二人、人けのない真光寺の境内で、調べ集めてきたこととの突き合わせをしている最中、いきなり襲われたのだ。

　二人とも最初の一太刀はかろうじて逃れ、境内の外に飛びだした。

　だが、襲ってきた者のほうが足がはやかった。待ち伏せするように武七の前にまわりこみ、袈裟に斬って捨てたのだ。武七は悲鳴をあげる間もなく絶命した。

そのとき、和四郎は襲ってきた者が侍であるのを知ったのだ。

その後、和四郎も追われて足を斬られた。そのときは足を斬られたとは知らず、必死に走り続けた。墨よりも濃い闇が和四郎を助けてくれた。

「侍を撒いたあと、空き家の庭に身をひそめていました。それから血どめをして、医者にかかりました」

「そうか、よく無事だった」

和四郎はこうべを垂れた。

「襲ってきた侍が何者か、ということだが、和四郎、おまえもわかっているのであろう」

「はい。しかし、あそこで襲われたということは、手前どもの調べが漏れているということでしょうか」

「十分に考えられる。向こうも警戒はしているだろう。その網におまえたちはかかったのかもしれん」

「となると、知られてはまずい、よほどの悪さをしていることになりますね」

「そういうことだな」

登兵衛が気づかう目をする。

「とにかく傷養生をすることだ」

「探索はどうなりますか」

「ほかの者にやらせる」

「えっ、そうなのですか」

登兵衛がにこやかに笑い、すぐ表情を引き締めた。

「そんな顔をするな。おまえが治るまでのつなぎにすぎん。本調子になったら、戻ってもらう。武七の仇を討てるような働きを見せてくれ」

四

「ねえ、お登勢さん、なにかいいこと、あったの」

千勢はお咲希にそんなことをいわれた。

「えっ、どうして」

お咲希は縁側に座っている。

「だって、肌がつやつやしているんだもの」

「えっ。じゃあ、これまでかさかさだったのかしら」

「そんなことないけど、なにか張りがない感じはしていたわ。それが今日はちがうの。だから、なにかいいことがあったんじゃないかなあ、と思ったんだけど、ちがう？」

「いいことか。あったかもしれない」

お咲希がつぶらな瞳を向けてきた。

「前にお登勢さん、怪我をしていた人を助けたっていってたでしょ」

直之進との激闘から逃れた佐之助が、長屋にやってきたときだ。

「ええ。それが？」

「その人とうまくいっているんじゃないのかなあ、って思ったの」

千勢はどう答えようか迷った。

「うまくいったらいいなあ、とは思っているの」

「うまくいきそうなの？」

「わからないわ」

「ねえ、どんな人なの」

千勢は困った。

「精悍な顔つきの人よ」

「せいかん？」

「なんといったらいいのかしら、たくましくて、この世を生き抜いているという感じがする人よ」

「へえ、かっこいい人なんだ」

見つめてきた。澄んだ目が、佐之助のそれと重なった。

そうか、と気づいた。佐之助は殺し屋を生業としているが、そうとは思えないほどきれいな瞳をしているのだ。

「お登勢さん、その人と一緒になりたいと思っているの？」

どうなのだろうか。佐之助の顔を見ると、心が弾むものがあるが、そこまではさすがに無理のような気がする。

「わからないわ」

「だって、好きなんでしょ」

「好きだからって、一緒になれるとは限らないのよ」

口にした途端、慕っていた藤村円四郎の面影が脳裏をよぎっていった。沼里の妙旦寺で、手を握り合ったときを思いだす。

あのとき自分は、この人の妻になる、と決めていた。

しかし、夫となったのは湯瀬直之進だった。直之進に不満があるわけではなく、夫婦としての暮らしを受け入れていたが、そんなある日、千勢は円四郎が殺されたことを知ったのだ。

とてつもない悲しみが胸のうちにふくれあがり、円四郎を深く慕っていたことを思い知らされた。仇討を決意し、千勢は円四郎を殺した犯人を追って江戸に出たのだ。

「好きなのに、一緒になれないなんて、大人って変ね」

「本当にそうね。変なことばかりやっているわ」

「ねえ、お登勢さん」

「なあに」

「おっかさんのこと、覚えてる？」

一瞬、お咲希の母親のことを覚えているか、といわれたと勘ちがいした。お咲希の母親は、この子を産んで三ヶ月後にはやり病にかかって死んだ、と利八がいっていた。母親だけではない、父親もだ。

千勢は深くうなずいてみせた。

「ええ、よく覚えているわよ」

「どんな人だったの」

千勢は上を向いた。ぼんやりとかすんだ空が見えた。晴れてはいるが、その青さはどこか心許ない。

「私の――」

母上といいそうになって、千勢はあらためていい直した。

「私のおっかさんは、ちょっと厳しい人だったかな」

「どういうふうに」

千勢は言葉を選んだ。

「男の人と口をきいてはいけないとか、大声で笑ってはいけないとか、常に控えめであることとか、箸のあげおろしの仕方とか、花を生ける姿勢とか」

「たくさん注文があったのね」

「本当ね」

「でもそれって、お武家みたいね」

「本当にそうね」

「お登勢さんて、お武家の出なの？」

「えっ」

「だって私、そこまでいわれないもの。お友達にだって、そこまで厳しいおっかさん、いないと思うわ」

千勢はしばらく考えた。この子は聡明だ。いってもかまわないだろう。

「実はそうなの」

「本当に？」

「ええ」

「それがどうしてうちで働いているの」

「事情があったの」

「あった、ということはもう終わったの？」

「終わったというかなんというか……」

お咲希がはっと気づいた顔になる。

「もしかして、お登勢さんが好きな人に関係あるんじゃないの」

鋭い子だなあ、と千勢は感嘆した。

「実はそうなの」

「どういうことか、教えてくれる」

力を貸したい、というまっすぐな思いが伝わってくる。千勢は抱き締めたくなった。

「今はいえないの。これはお咲希ちゃんが子供だから教えないってことじゃないのよ。今は誰にもいえないの。ときが来たら、お咲希ちゃんに必ず最初に教えるから、それまで待っててくれる？」

千勢は真摯に語りかけた。

「わかったわ」

お咲希が目をきらきらさせて答える。

「それまで待ってる」

「ありがとう」

「どういたしまして」

お咲希が不意に目を落とした。

「でもお登勢さんがうらやましい」

偽名を呼ばせていることにも、うしろめたさを覚えた。

「お咲希ちゃん、ちょっといい。実は私、登勢という名じゃないの」

「えっ」

「千勢というの」

「お千勢さんが本名なの」

「そうよ」

「どうしてそんな名をつかっているの。ああ、さっきの事情のためね」

「そうなの」

「だったら、人がいるところではお登勢さんて呼ばなきゃ駄目なんだよね」

この子の賢さに千勢は感動すら覚えた。思わず抱き締めていた。

お咲希はそっと抱き返してくれた。

千勢は静かにお咲希を放した。

「私がうらやましいっていったけど、どうして」

「だっておっかさんのこと、ちゃんと覚えているんだもの」

「そうか……」

「お千勢さんがすまなそうな顔することないわ」

千勢は目尻の涙を指先でぬぐった。

「お千勢さんが剣の心得があるのは、おっかさんから習ったの？」

「ううん、ちがうわ。道場で稽古をしたからよ」

「いつ教えてくれる」

「今、やってみる」

「でも、竹刀なんかないけど」

「竹刀の握り方だけでもいいのよ」

千勢はそばに落ちていた枝を手にして、実際にやってみせた。

「まず雑巾をしぼるように、軽く力を入れるの」

お咲希も真似をはじめた。

「そのとき肘も締める感じにするの。そうすると自然に脇も締まってゆくでしょ」

「本当だ」

「握り方にもそれぞれの流派でちがいがあるみたいで、私の通っていた道場では小指と薬指が大事で、あとの指に力は要らないといわれたけど、小指は添えるだけでいいっていうところもあるらしいの」

千勢は振りかぶった腕を振りおろした。ひゅん、といい音がした。

「あっ、すごい」

お咲希も枝を手に試してみたが、千勢のような音は出なかった。

「これも積み重ねよ」

「うん、私、がんばる」

お咲希の瞳が熱を帯びている。よほど、水嶋栄一郎という侍の男の子のことが好きなのだろう。

ふと千勢は背後に人の気配を感じた。振り返ると、利八が立っていた。

「ああ、これは旦那さま」

千勢は立ちあがり、挨拶した。

「ああ、かまわんですよ」

「おじいちゃん、お出かけ？」

いつも着る物には気を配っている人だが、確かにさらに上等な着物をまとっている。

「うん、ちょっと出てくるよ」

「こんな刻限に？」

「こんな刻限て、まだ六つ前だよ」

あっ、と千勢は思った。もう店のほうに行かなければ。

「旦那さま、行ってらっしゃいませ。お咲希ちゃん、じゃあこれでね」

「うん、またね、お千勢さん」

えっ、という顔をしている利八を尻目に、千勢は小走りに駆けた。

五

「旦那さま、遠くまでお出かけですか」

店の暖簾を外に払おうとして、利八は箒を手にした千勢に呼びとめられた。

「ああ、ちょっとな」

「お一人ですか」

「うん」

ではな、と利八は外に出た。

「行ってらっしゃいませ」

千勢が深くお辞儀する。

しかし驚いたな、と利八は思った。

お咲希がさっき内緒話をしてくれたが、千勢はかなりのところをお咲希に話したようだ。

お咲希はよくなついているが、本名まで教えたのは千勢がお咲希に心をひらいたということなのか。

最初、店に来た頃はきつい顔つきをすることもあったが、最近はずいぶん穏やかな表情に変わってきた。

あれは、おそらくお咲希だけの力ではあるまい。

仇を捜しているとのことだが、本懐を遂げたのだろうか。

そういうことになったら必ずお話しします、といってくれたから、まだなのだろう。

だがそれなら、あの明るさはなんなのか。

千勢の身になにかいいことがあったとしか思えない。それとも空元気《から》なのか。

いや、そんなことはあるまい。あの笑顔は本物だ。女らしく輝いている。それに体から力が抜けてきて、所作も若い女らしくなっている。

なにがあったのだろう。好きな男ができたのか。

千勢には夫がいるとのことだ。しかも別に想い人がおり、その男を殺した仇を追って江戸に出てきたという。それなのに、新たに好きな男ができたのか。

仇を持つ身だといっても、生身の人間だ。責めることはできない。

むしろ女らしくていいではないか。このまま仇のことなど忘れ、幸せをつかんだほうがいい。

　そんなことを思いながら、利八は東に向かって歩き続けた。この前、米屋の伯耆屋に向かった道だ。

　歩いているうち、日が暮れてきた。だが、まだ提灯に火を入れるほどの暗さではない。

　巣鴨仲町に入り、伯耆屋に行くと、あるじの鷹之助自ら出迎えた。

「ようこそおいでくださいました」

「いえ、こちらこそ、無理なお願いをきいていただき、ありがとうございます」

　これから伯耆屋が仕入れている仲買業者と会うのだ。昨日、会えます、という連絡が伯耆屋から届いたのだ。

「お一人ですか」

　鷹之助が確かめる。

　昨日、必ず一人でおいでください、と利八は使者にいわれていた。

「ええ、もちろん」

　店の前に二つの町駕籠が用意されていた。

「どうぞ、お乗りください」

鷹之助にいわれ、利八は座りこんだ。前の駕籠に鷹之助が乗りこむ。

二つの駕籠は夜の町を走りはじめた。棒の先で提灯が揺れる。

駕籠は中山道に出て、南にくだりはじめた。

駒込追分町をすぎ、さらにくだって神田までやってきた。神田明神下を通り、昌平橋近くの神田川の河岸でとまった。

「次は舟です」

鷹之助は疲れも見せずにいい、利八を船着場に連れていった。

一艘の猪牙がつながれていた。

「どうぞ、お乗りください」

駕籠に乗ったときと同じ言葉を利八はきいた。

続いて乗りこんだ鷹之助が船頭に声をかける。

「やっとくれ」

猪牙はすいすいと進んで昌平橋、筋違橋、新シ橋、和泉橋、浅草橋、柳橋と次々にくぐり、大川に入った。

涼しい夜風が一気に寄せてくる。涼しいというより、寒いくらいだ。利八は襟元をかき合わせた。

猪牙は大川をくだって両国橋の下を通り、向こう岸に渡った。

吸いこまれるように竪川に入ってゆく。風がおさまり、利八はほっとした。

竪川を入ってしばらくして、猪牙は河岸につけられた。

河岸にはいくつかの舟がつき、船客が談笑している。少し風が強くて寒いですねえ、この分だと花はまだでしょうねえ。

「こちらです」

舟をおりた鷹之助が前に立つ。利八はあとをついていった。

ここは本所新右衛門町だろう、と見当をつけた。来たことはないから何丁目かわからないとはいえ、七十年も生きていれば、今江戸のどこにいるかくらいはわかるようになるものだ。

連れていかれたのは、河岸とじかにつながっている船宿だった。看板には岩美《いわみ》屋《や》と記してある。

わけ知り顔の女将が、どうぞこちらへ、と階段をあがってゆく。

鷹之助と利八は無言で続いた。

「お待ちのお客さまがおいでになりました」

女将が襖に向かって声をかける。

「入ってもらってください」

男の声で返事があり、女将が利八たちのほうを向いた。

「どうぞ、お待ちでございます」

襖を静かにあける。

行灯が明るく灯された座敷に、一人の男が正座していた。

「ようこそいらっしゃいました」

女将が襖を閉じて去ると、そういって男はていねいに頭を下げた。

「こちらこそ、無理をおきき届けくださって、ありがとうございます」

向かいに正座した利八は礼を口にした。

「無理だなんてとんでもない。おききになりたいことがあれば、お答えする、それは商人として当然のことですよ」

それにしては、と利八は思った。わざわざこんなところまで呼びだすなど大仰なものだな。しかも必ず一人で来い、などと。

利八は目の前の男を見つめた。

着ているのはいいもので、ゆったりと着こなしている。いかにも着慣れている感じがする。下ぶくれの顔に、にこにこと人のいい笑みをたたえている。目が細く、性格は柔和に見える。物腰はいかにも慇懃だ。

　この男が安い米を扱っている男なのだ。

「手前、信濃屋茂助《しなのやもすけ》と申します。どうぞ、お見知り置きを」

　利八も名乗り返す。

「手前は下におりります」

「そうですね」

　茂助がうなずくと鷹之助が立ちあがり、下で待っておりますから、と出ていった。

　茂助という初対面の男と二人きりになり、少し息苦しい。

「よろしいですか」

　茶托の湯飲みに手をのばした。

「もちろんですよ。お飲みください。手前もいただきます」

　この手の船宿はほとんど入ったことがないが、なかなかいい茶を供している。こくがあって、甘みが強い。香りが静かに鼻へ抜けてゆく。

　落ち着きが戻った。そんな利八を茂助が瞬きのない目で見ていた。

「なにか」

「いえ、ずいぶんおいしそうに飲まれるなあ、と思いましてね」

「おいしいお茶ですね」

「そうですね。ここが茶にこだわっているときいたことはないのですが」

利八は湯飲みを茶托に戻した。

「信濃屋さん、こちらにはよく？」

「いえ、それほどでも。これが三度目くらいですか。利八さん、なにか召しあがりますか。ここは魚がおいしいんですよ」

「いえ、けっこうです」

「お酒はいかがです。魚に合ういいお酒も置いてあるんです」

「いえ、それも。信濃屋さんが召しあがりたいのでしたら、どうぞ、やってください」

「いえ、手前もけっこうです」

茂助が湯飲みを空にした。

それを見て、前置きはここまでだな、と利八は考えた。

「おききしたいことは一つです。どうして安い米を手に入れられるのですか」

茂助が少し間を置いた。頭で言葉をまとめているように見えた。

「手前はそのことにだけ、これまでずっと力を入れてきました。とにかく江戸の米は高い。豊作なら安くなってもおかしくないのに、どうしてか、安くなりません」

それは利八も感じている。札差や米屋などが値の高どまりを許しているのではないか。

「利八さんもその理由はおわかりかと存じます。米の値を高いまま保とうとしている者たちがいるからです。それが誰かは申しあげませんが」

小さく笑ってみせた。すぐに真顔に戻る。

「一方、凶作のときはあっという間に値があがります。それで苦しむのは庶民。喜ぶのは一握りの商人ども。それを手前はなんとしても崩したいのですよ」

「おっしゃることは、よくわかりました。でも手前がおききしたいのは、どうして米を安くできるのかということです」

「それについてはもう少しお待ちください」

わかりました、と利八はうなずいた。

「手前どもは、いくつもの米屋に卸しているわけではありません。選ばれた数軒のみです。あまり大がかりにやると、目をつけられますからね」

かすかに首を振った。

「実際のところ、札差の手先と思える者がこそこそ動きまわっています」

「そうなのですか」

「この動きこそ、やつらのうしろ暗さをあらわしています。そういうものがなければ、値で対抗すればいいわけですからね」

それはわかるが、札差のほうも値が下がっては札旦那といわれる旗本や御家人たちへ申しわけが立たないというのもあるのだろう。

実際、米の値がひどく下がったとき、公儀が旗本や御家人たちを救うために米の値をあげる施策《しさく》をとったこともある。

「こそこそ嗅ぎまわったところで、手も足も出ないはずです。手前どものしていることは、なんといっても庶民のためなんですから。庶民が味方についているというのは、やはり強い」

「まあ、そうでしょうね」

利八はあまり気のない相づちを打った。

「そうでしたね、どうして安い米を手に入れられるか、でしたね」

口に手を当て、咳払いする。

「手前が取っている手立てはいくつかあります。まずお百姓衆からじかに米を買いつけています。そして、江戸への運送も自前の船です。さらには、できるだけ奉公人は少なくしています。人へのかかりというのは、甘く見ることはできませんからね」

それは利八も料亭を営んでいるだけに、よくわかる。

「お米を買いつけているのは幕府領ですか」

「表向きはそういうことも申していますが、実際にはなかなかむずかしい。幕府領は、やはり札差連中ががっちり食いこんでいますのでね。今、大名領では四公六民というのが多い。五公五民、六公四民、なかには八公二民なんていうところもありますが、こういうのは論外ですね。年貢がゆるやかといってよいところで、暮らしに余裕のあるお百姓衆に狙いをつけて米を買いつけています。今は現金が田舎でも必要ですから、訪ねてゆけば大喜びされますよ」

「つまり、あまった米を買いあげているというわけですか」

「そういうことです。年貢さえ納めてしまえば、あとは自由にしてよい、というところが多いですからね」

「でも、まだ信濃屋さんが食いこんでいる村はそんなに多くはない？」

「正直いえばその通りです。先ほども申しましたように、人手をかけるつもりはありませんし、目立っていいことはありませんからね。札差どもは蔵役人とつながっていますし、やはりお上は怖いですから」

利八は軽く息を吸った。

「信濃屋さんは、蔵役人とのつながりはないのですか」

一瞬、茂助がつまる。

「どういう意味でしょうか」

「言葉通りの意味です」

茂助が盛大に咳払いをした。

「ありません。あったら、もう少し強気の商売ができます」

これ以上、ここにいることはないように感じた。

利八はいとまを告げて下におりていった。

鷹之助の姿が見えない。やせた浪人者らしい男が一人、こちらに背を向けて酒を飲んでいた。

「申しわけございません、急用ができたとかで、一人でお戻りになりました」

女将がすまなそうに告げる。

「ああ、そうなのですか」

利八は岩美屋を出て、河岸に歩いていった。うしろを女将と茂助がついてくる。

「利八さん、そちらにどうぞ」

茂助が一艘の猪牙を指さす。

「ありがとうございます」

「代はもう支払ってありますから」

「さようですか。なにからなにまでありがとうございます」

利八は舟に乗った。

行きますよ、と船頭が舟をだす。

猪牙は竪川から大川に出た。波を受けて少し舟が揺れた。潮の香りが風とともに鼻先をかすめていった。

利八は揺られながら、腕を組んだ。

信濃屋茂助という男。やはり胡散臭い。蔵役人とのつながりがないかたずねたとき、動揺を見せた。

あれは、確実につながっているというあらわれだろう。

やはり、と利八は思った。五十年前と同じことがまた行われているのではないだろうか。

あれは、まだ自分が若かった頃に起きた事件だ。かなり大がかりなものになって、人死《ひとじに》にも出た。

だがあの事件のことを覚えているのは、今となってはそうはいないはずだ。

五十年前と同じことが行われているのでは、と利八は信濃屋茂助にただしたかった。だが、ここでいうのは得策ではないと判断し、あの場では口をつぐんだのだ。

茂助は油断のならない顔をしていた。人の心を読み取りそうな目だった。

利八を見送り、二階にあがった。

茂助は座敷に入った。さっきまで利八がいたところに別の男がいる。

茂助は男の前に正座し、きいた。

「旦那さま、いかがいたしましょう」

信濃屋というのは、茂助の店ではない。本当のあるじは今、目の前にいる男だ。

「なにか感づいたようだな」

丸めた頭に手をやって、儀右衛門がいう。

茂助はうなずいた。

「土崎さまを呼びなさい」

茂助は立った。

周蔵は、階下で鰺の叩きを肴にちびちびと杯をなめるようにしていた。

茂助は眉をひそめた。

「土崎さま、いらしていただけますか。旦那さまがお呼びです」

「ちょっと待て」

徳利を逆さにし、酒を一気に口へ流しこむ。

「あー、こうして飲むと、実にうめえ」

酒くさい息を吐いて、袖で口許をぬぐう。

茂助は周蔵をともなって、階段をあがりはじめた。ちらりと見ると、周蔵はいつもの怜悧な瞳をしている。

酔ってはいない。酒くさくもない。このあたりはさすがとしかいいようがない。

しかしいやな男であることに変わりはない。

「お待たせしました」

茂助が正座すると、周蔵はあぐらをかいた。

「おぬしら」

茂助と儀右衛門を交互に見る。

「以前にくらべたら、二人とも太ったのう。前は茂助と儀右衛門、ちがう顔に見えたが、今は同じような顔に見えるぞ。夫婦は似るというが、おぬしらのように長く一緒にいれば夫婦でなくとも似るものなんだな。だが、儀右衛門、どうすればそんなに太れるんだ」

茂助は、なにをつまらないことをいっているんだ、と思ったが、儀右衛門は腹を立ててはいないようだ。静かな口調でいう。

「いい物を食べ、うまい酒を飲み、あまり出歩かないことですな」

「そうすると太れるのだな」

「太りたいのですか」

「まあな。あまりやせすぎているのもどうかと思うんでな」

周蔵が目を鋭くして顔をあげた。

「なにか用か」

ええ、と儀右衛門がしわぶく。

「一つ、お頼みしたいことができました」

六

富士太郎は月代を指でかいた。

「珠吉、まいったね、朝っぱらから」

「旦那、そんなこと、いっちゃあいけませんぜ。仏さんに失礼ですよ」

「いや、仏さんにいったんじゃないんだよ。まだ眠いもんでさ」

「まあ、そうかもしれないですねえ。若い頃はどうしてか眠いんですよね。でも旦那、殺しかもしれませんからね、しゃきっとしてくださいよ」

「わかってるよ」

富士太郎は片膝をつき、目の前に横たわっている死骸を見つめた。

「水死みたいだね」

「ええ、このびしょ濡れの格好を見ると、そうとしか思えませんね」

「まあ、死因は福斎先生にまかせたほうがいいね」

「そうですね」

富士太郎は空を見た。今日は曇っていて、風も冬がちょっとだけ戻ってきたかのように冷たい。そんななか、ぐっしょり濡れて死んでいる男は寒さにじっと耐えているようにも見える。できることなら、はやいところ自身番に運んでやりたかった。

ただ、検死医師の福斎が来るまで動かすことはできない。

はやく来てくれないかね。そう思って道を見たが、福斎の姿はない。また急患でも入ったのかもしれない。

富士太郎たちがいるのは神田だ。神田川に架かる昌平橋そばの河岸から、少しだけ道側にあがったところだ。

死骸は昌平橋の陰に隠れるようにして、浮いていたという。それを見つけた町の者が奉行所に届け出たのだ。まわりには野次馬が一杯いて、奉行所の小者たちが近寄らせないように壁をつくっている。

富士太郎は死骸の顔を見た。

「年寄りだね」

「ええ、あっしより十は上でしょうね」

「とすると、古稀だね」

「そういうことになりますね」

「しかし、身元知れずの仏のほうだって調べはまったく進んでいないのに、また殺しだったら、珠吉、どうする」

「どうするもなにも、調べるしかないじゃないですか」

「まあ、そうなんだけどね。人死にを調べるのって、なにかつらいんだよね」

「気持ちはわかりますよ。悲しみに満ちた顔に、たくさん会わなきゃいけないですからねえ」

五名の町役人が顔をそろえている。富士太郎は立ちあがると、手招きした。

「この仏さん、町内の者かい」

「樺山の旦那がいらっしゃる前に、みんなで確かめましたけど、この近辺では見ない顔ですね」

また身元調べにときを費やすことになるのか、と富士太郎は少しげんなりした。

「でも吉蔵《よしぞう》さん」

町役人の一人がもう一人に呼びかけた。

「この仏さんにどこかで会っていないですかねえ」

「本当かい」

富士太郎はただした。

「ええ、あっしはどこかで見ている、と思うんですよ」

「思いだせないかい」

冷たい風の吹き渡るなか、五人は地蔵のようにかたまって立ち、首をひねっていた。

「ああ、そうだ」

吉蔵と呼ばれた男が大声をだした。

「あそこですよ、あそこ」

「どこだい」

「町内で護国寺にまいったときですよ」

五代将軍綱吉が生母桂昌院のために建立した寺だ。

「ああ、手前も思いだしましたよ。護国寺の帰りに評判の料亭に寄ったんですよ。そのとき挨拶に来てくれたのが、この人でした」

「まちがいないかい」

「ええ、まちがいありません」

吉蔵たちだけでなく、あとの三人も思いだしたようで、深くうなずいている。

「なんという店だい」

「確か、料永です」

「ああ、そうだね」

「あの店は料永だ」

ほかの者も同意した。

「珠吉、料永っていったら」

「ええ、千勢さんが奉公している店ですね」

奉行所の小者に走ってもらった。

とはいっても、料永の者が来るまで、まず半刻は待たなければならないだろう。

そのあいだに福斎がやってきて、死骸にかけられた筵をはいで検死をした。

「水死にまちがいありませんね」

「さようですか。殺しということはありませんか」

「傷は一切ありません。もし殺しとしたら、相当手慣れた者の仕業でしょうね。でもどんな仏さんだって、殺しではない、という証を見つけるのはむずかしいですからね」

福斎は小者と一緒に引きあげていった。

福斎が帰って四半刻ほどして、奉行所の小者が戻ってきた。連れてきたのは料永の番頭と手代だった。

千勢が来るのでは、と思ったが、さすがに一介の女中にすぎず、あるじの死骸の確認という重い役目は与えられなかったようだ。

「こちらだよ。見てくれるかい」

富士太郎はていねいに筵を取った。すでに自身番に死骸は移してある。

二人とも、ここまで来るのに嘘であってくれ、と願っていたのがわかる顔をしている。必死さがあらわれていた。

「旦那さま」

番頭が泣き崩れる。

「どうしてこんなことに」

手代の目は真っ赤だ。ぶるぶる体が震えている。

富士太郎は、二人が落ち着きを少しでも取り戻すのを待った。珠吉もただ見守っている。

自身番に入ってきたなにかの羽虫が丸まった番頭の背中におり、じっとしている。すぐに風にあおられるように飛び立った。

それを合図にしたかのように、番頭の号泣がやんだ。徐々に静かになってゆく。

手代のほうも目は赤く腫らしたままだが、もう震えてはいない。

「どうだい、落ち着いたかい」

「はい、ありがとうございます」

番頭が力なくこうべを垂れる。

「どうだい、あるじでまちがいないかい」

この二人を見ていれば問うまでもなかったが、手順は踏まなければならない。

「はい、旦那さまです」

「名は？」

「利八といいます」

番頭は再び泣き崩れた。

「どうしてこんなことに……」

昨日の利八の動きをきいた。

六つ前、一人で出かけていったという。

「どこに行ったんだい」

「それが申されませんでした」

「そういうことはよくあるのかい」

「一人で出かけられるのは気楽ということでお好きでしたが、行く先を明かさないというのは滅多にございませんでした」

女かな。でももっと別の者に話をきく必要があるね、と富士太郎は思った。

「お店に戻ろうか」

いうと、番頭と手代は顔をぐしゃぐしゃにしながらうなずいた。

利八の死骸は荷車にのせられ、その上に筵がかけられた。

半刻ほどで料永に着いた。

千勢はいなかった。そうか、と富士太郎は気づいた。千勢は通いだから、まだ長屋にいるのだ。主人の死を知らない。

利八の遺骸が運ばれてきてまちがいないということになり、住みこみの奉公人たちが通いの奉公人に知らせに走った。

奥の座敷にあげられた遺骸にむしゃぶりついて、女の子が泣き叫んでいる。歳からして孫娘だろうが、富士太郎は見ていられなかった。

驚きを顔に刻みつけて、千勢が姿を見せた。廊下に立っている富士太郎を認め、小走りに寄ってきた。

直之進と寝床で抱き合ったことのある女。なんとなく憎たらしいが、今はそんなことを考えている場合ではない。

「本当に旦那さまなんですか」

「ええ」

富士太郎は言葉少なに答えた。千勢が、いまだに遺骸から離れようとしない女の子に気づく。

「お咲希ちゃん」

女の子が千勢にしがみつく。顔を胸に押しつけて、激しく泣きはじめた。遺骸を目にし、千勢も嗚咽しだした。

座敷は悲鳴のような泣き声とすすり泣きで一杯になった。

お咲希が泣き疲れたように静かになったのを見計らって、富士太郎は千勢を手招いた。

千勢はお咲希を気にしつつ、廊下に出てきた。富士太郎はまわりの誰にもきこえないようにささやき声できいた。

「利八さんの死因はまだわからない。もし、もしだよ、利八さんが殺されたとして、心当たりがないかい」

「殺されたかもしれないんですか」

千勢は驚愕しながらも、低い声で返してきた。そのあたりはさすがに武家だ。

「心当たりはありません。でもここ最近、旦那さま、少し苛立ちが見えました」

「どうしてだい」

「お米の仕入れのことで、ごたごたがあったようなんです」

「ごたごた？」

「お米を、仕入れ担当の人が旦那さまに黙って替えたようなんです」

「利八さんに怒られたのかい」

「そのようです」

「会えるかな」

「ええ、ここにいますから」

千勢がその男を呼ぼうとする。

「おいらが声をかけるよ。ほかになにかそんな類のことはないかな」

「一つあります。ここの地所がほしい商人がいるということで、旦那さま、このことでも苛立っていたときさました。その商人は旦那さまにきっぱりと断られたにもかかわらず、二度もやってきたそうです」

富士太郎はまず仕入れ担当の者に会った。善造という男だった。

しかしいかにも小心そうで、叱責されたのをうらみに思って利八を殺そうなどと考えるような男には見えなかった。この男は住みこみで、昨夜はずっと店ですごしていたということだ。まさか旦那さまが帰っていらっしゃらなかったとは存じませんでした。そのことは、同じ部屋の四名の者が裏づけた。

利八に地所を譲ってほしいといってきたのは、儀右衛門という男とのことだ。しかしわかっているのは名だけで、誰も住みかを知らない。なにを生業にしているのかも知れない。

会ったのは利八一人のみで、ほかの者は顔さえろくに見ていない。かろうじて、何人かが頭を僧侶のようにつるつるにしていたことだけを覚えていた。

料永にやってきたのは、いきなりだったらしい。紹介もなく、一人でやってきて利八に面会を求めたようだ。

わかったのはそれだけだ。これでは捜しようがなかった。

ただし富士太郎は忘れることなく、頭の片隅に儀右衛門という名をとどめておくことにした。

伯耆屋という、善造が叱責される理由となった米屋にも会った。善造から利八が訪ねていったときかされて、富士太郎は少し気になっていたのだ。

だが見たところ、伯耆屋もふつうの商人で、料永という大きな得意先をせっかく得たのに、利八という大黒柱が死んでしまったことに、ひどく落胆していた。

「利八は前からつき合いのあった米屋に戻さなかったんだね」

店を出た富士太郎は珠吉にいった。

「そういうことですね。二割もちがえば、やはり戻せないんでしょう」

「ふーん、そんなにちがうのか」

「旦那――」

「わかってるよ、珠吉。切られた前の米屋が怪しいってんだろう」

前に料永が仕入れていた米屋が華岡屋という店であるのは、すぐにわかった。

富士太郎は珠吉と一緒に足を運んだ。

華岡屋の主人は利八の死をきき、心の底から驚いていた。その驚愕ぶりに嘘はなかった。

主人は意外なことを口にした。

「利八さんは三月《みつき》ほど待ってくれ、とおっしゃいました。三月待ってもらえれば、きっと元通りに取引できるようになるだろうと」

「そんなことをいっていたのかい。どういうことだろうね」

「それは手前にはなんとも。それに、ちょっと気になることをおっしゃっていました。――そのくらいたてばどういうことかわかるかもしれない、と」

華岡屋を出た富士太郎と珠吉は歩きつつ、首をひねった。

「なんだろうね、いったい」

「話の流れからすると、米の値のことじゃないかって思えるんですがねえ」

「なるほど。米の値が二割安いことが、利八の死につながったかね」

「米が安くなれば、喜ぶ人も困る人も出てくるでしょうからね」

「困る人って？」

「札差とか札旦那ですよ」

「札旦那か。おいらたちのことだね」

富士太郎たちのように俸禄を米で受け取っている者は、切米《きりまい》取りと呼ばれる。俸禄の支給は年に三度だが、そのときにもらい受けた御切米請取手形を札旦那は札差のもとに持ってゆく。

御切米請取手形は札と呼ばれ、それを手にした札差は煩瑣な手続きののち米を売却し、札旦那である富士太郎たちに金が入るわけだが、むろん富士太郎たちにとっても米が高く売れたほうが実入りはよくなる。

「さて、どうしようかね」

富士太郎は顎をなでて、つぶやいた。

米の値といってもどこから手をつけていいかわからず、利八の周辺でうらみを抱いている者がいないか、そちらを富士太郎たちは調べた。利八に女の影がないかも調べた。

しかし、結局はなにも得られずに、一日が終わった。

利八が死んだときいて、伯耆屋のあるじの鷹之助は驚きを隠せない。

果たしてこれでよかったのか、と思った。

決して口外するな、と信濃屋茂助にいわれていたからしたがったが、悪の片棒を担いでいるのでは、という気になっている。
そのために利八は死んだのではないか。いや、殺されたのではないのか。
いや、これでいい。鷹之助は深くうなずいた。利八の死はわしにはなにも関係ない。
そう思わないと、自らに火の粉が降りかかってきそうな気がしてならない。
ここは、ひたすら口をつぐんでいよう。でなければ、わしも口をふさがれる。
利八はどんな者に殺されたのか。
鷹之助は、まだ見たことのない殺し屋の姿を思い描いた。

七

まだ暮れ六つ前だが、門は閉められている。
土崎周蔵は訪いを入れた。
すぐにくぐり戸があき、周蔵はなかに入れられた。
玄関近くの座敷に通され、そこでしばらく待った。
少しどきどきしている。島丘伸之丞《しまおかしんのじょう》に会うときはいつもそうだ。

床板を踏み鳴らす荒い足音が響き、襖がからりとあいた。

「周蔵、よく来た」

勢いよくあぐらをかく。

周蔵は平伏した。

「よい。面《おもて》をあげろ。——報告か」

「はっ」

「申せ」

「それがし、一人殺し損ねました」

「どうしてだ」

仲之丞の目が細められる。ぞっとしたが、その思いを外にはださない。

「逃げのびた者は、それがしより足がはやかったのです」

「そうか。それなら仕方あるまい。自分よりはやい者には追いつけぬ」

仲之丞が顎をなでた。

「その男は今、どうしている」

「札差の的場屋登兵衛のもとに、逃げこんでいるものと」

「ほう、的場屋にな」

「的場屋を殺しますか」

周蔵はきいた。

「あの男さえ殺せば、あとはなんとでもなりそうな気がします」

「本当にそう思うか」

「はい。あの男、表は札差の顔をしておりますが、裏はちがうものと」

「正体はなんだ」

「わかりません」

「周蔵、的場屋を生かしておくといやな予感がするというのだな」

「御意」

「やれ」

冷たくいう。

「的場屋を仕留めてこい。その前に、正体を吐かせるのを忘れるな」

「承知いたしました」

周蔵は島丘屋敷を出た。的場屋を再び張るために道を急ぐ。

冷や汗をかいている。着物がじっとりと背中に貼りついていた。

湯屋にでも行きたい気分だが、それはできない。命《めい》を無視する気にはなれない。

周蔵は仲之丞が怖くてならない。仲之丞は周蔵の殿さまに当たる。

この俺がこの世で唯一怖いお方だ。

それは、自分以上に冷酷なのがわかっているからだ。

ただし、忠実な者には厚く報いてくれる。仲之丞が望むこと、それがまちがっていることであろうと、うつつにする者は犬のようにかわいがる。

その裏返しで、仲之丞を裏切ればどうなるか。遣い手とは思えないのだが、こちらがなぶり殺しにされかねない怖さがある。

いや、まちがいなくそうされる。

この俺が殺られるというのか。多分、そうなのだろう。

だから逆らうことなどできない。

夜のとばりが江戸の町におりきる前に、周蔵は的場屋の前に来た。

おっ。思わず声をあげた。

あるじの登兵衛が供を数名連れて、出かけようとしていたからだ。

どこに行くのかわからないが、あの密偵と思える男の姿は近くにない。目を凝らしたが、供のなかにもいない。

周蔵はしばらくその場に立ち、登兵衛一行が遠ざかるのを待った。姿が見えなくなってからゆっくりと歩きだす。

登兵衛たちは今、一町半ほど先を歩いている。足音でわかる。

周蔵は常人とはくらべものにならないほど、耳がきく。的場屋の密偵二人を暗闇のなか襲えたのも、ささやくような話し声がはっきりときこえたからだ。

おや。周蔵は耳をそばだてた。

右手だ。町人とは思えない息の仕方をしている者がいる。

なんだ、これは。

次の瞬間、答えが出た。

やつだ。あの密偵だ。近くにひそんでいるのだ。もう仕事ができるようになったのだ。

やはり、傷はそんなに重いものではなかったというわけだ。

どうして、こんな的場屋から離れたところにひそんでいるのか。

的場屋に尾行がないか確かめるために、先まわりして路地にひそんでいるのだろう。

ふん、と周蔵はあざ笑った。相手が悪かったな。俺でなかったら、気づく者はいなかったものを。

まさか、この闇のなか一町半もへだててつけることができる者がいるとは思わなかったのだろう。

今度は逃がさん。

かたい決意を胸に、やつがひそんでいるはずの路地からやや離れた道に周蔵は隠れた。

的場屋のことは気になるが、登兵衛はいつでも屠《ほふ》れる。あとまわしだ。

いや、それはまずい。伸之丞の命に反することになる。俺が殺すべき相手は密偵ではない。的場屋登兵衛だ。

なにも気づかない顔で、密偵は路地を出てきた。あるじのあとを追いはじめる。

間抜けめ。

今、殺そうと思えばやれた。

周蔵は、密偵の半町ほどあとを慎重につけていった。この距離だとどうしても見つめてしまいそうになるが、やつは視線を感じ取るだけの鍛練は重ねているだろう。

周蔵は耳で気配を感じ取ることに専心し、密偵には目を決してやらなかった。

やがて、登兵衛たちは店から六町ほど離れた料亭に入っていった。密偵も同じように暖簾をくぐってゆく。

周蔵は料亭の前を素通りし、看板を見て森川《もりかわ》という名であるのを確かめた。

森川の向かいに小さな神社がある。神尾神社と鳥居に扁額があった。

じっと耳を澄ませて料亭の入口での会話をきいたところによれば、どうやら札差仲間の寄合のようだ。

となれば、登兵衛があの料亭を出るのは、かなりおそくなってからだろう。

そこを襲えばいい。殺したあと風のように去れば、追っ手がかかることもあるまい。

周蔵はにやりとほくそえんだ。そのときを思うと、血の騒ぎを抑えられなくなった。

俺は殺しが好きなのだ。

登兵衛が目の前の道を通りすぎた。

和四郎はしばらく路地にとどまり、登兵衛をつけている者がいないかどうか、確かめた。

夜のとばりはすっかりおりてきているが、夜目は利く。

あたりを行きかう人は多いが、登兵衛に目をつけていると思える者は一人もない。

よし。和四郎は路地を出た。

ひやりとした。

なんだ、これは。

あの侍ではないか。近くにいるのか。

和四郎は振り返りたい衝動を抑え、平静を装って歩いた。今にも背後から襲いかかってくるのではないか、との思いを必死に打ち消す。これだけの人通りがあるのだ、あの侍も自重するだろう。

知らず、早足になっていた。はやく登兵衛に追いつきたい。

登兵衛が森川の暖簾をくぐってゆく姿を見て、ほっとした。

和四郎も暖簾を払い、登兵衛のあとに続いた。何人かの同業者がにぎやかに世間話をしている。

登兵衛が和四郎に気づき、階段をあがりながらささやくような声を発する。

「なにかあったのか」

「例の侍が近くにいるようです」

「そうか。どうする」

「今宵は撤くしかありません」

「やれるか」

「今宵だけならなんとか」

「わかった。手立てはまかせる」

登兵衛が襖をあけた。お待たせしましたな、と仲のよい札差仲間の輪へと入りこんでいった。

今夜は、酒を飲むためだけの集まりということになっている。寄合というほどのものではなく、登兵衛の真の正体を知っている者は一人もいない。

和四郎たち供の者は、一階のせまい部屋に入れられた。そこには、ほかの札差の供たちもいた。

だされたのは茶と茶請けの小さな饅頭だけで、不満をこぼす者も多かった。確かにこれでは空腹を募らせるだけだ。

しかし和四郎にはどうすれば登兵衛を無事に店まで帰り着かせられるか、そのことを考える必要があった。

ほかの札差連中をおとりにするしかあるまい、と思った。

一刻後、寄合がおひらきになり、登兵衛がおりてきた。

札差たちは一様に酔っている。登兵衛は素面《しらふ》のようだ。

札差は登兵衛を入れて八人。

和四郎は登兵衛を料亭の裏口に導いた。供の者には表から出るようにいった。

ざわめきが耳に届く。

終わったようだな。周蔵は鳥居脇から森川に視線を当てた。

刀の鯉口を切り、いつでも飛びだせる姿勢を取る。

寄合を終えたらしい者たちがぞろぞろと連れ立って出てきた。

登兵衛の姿が見えたら闇に乗じて一気に近づき、一撃で斬り殺すつもりでいる。

女将と番頭らしい者が出てきて、ありがとうございました、またおいでくださいまし、などといっている。また来るよ、とてもおいしかったよ。

駕籠に乗ってゆく者、供を連れて歩いてゆく者、それぞれだが、登兵衛の姿はない。

厠《かわや》にでも行っているのか。

しばらく待ったが、出てこない。

やられたな、と周蔵は思った。

登兵衛は裏口から出ていったのだろう。あの密偵の入れ知恵にちがいない。

今から行って追いつけるか。店の前で待ち伏せることができるか。

いや、もう無理だろう。

唇を嚙んで、悔しさを殺した。

一人では無理だな。張るには、人数が必要だ。

俺一人ではどうにもならん。

八

ちょうど眠りが浅くなったところだった。

誰かが戸口に立った。直之進は枕元の刀に手をのばした。

「直之進さん、いらっしゃいますか」

この甘ったるい声は——。

直之進は土間におり、心張り棒をはずした。

障子戸をあけると、富士太郎が立っていた。満面の笑みだ。うしろには珠吉。

「直之進さん、おはようございます」

「ああ、おはよう」

路地は、春と呼ぶべき明るさに満ちていた。大気もあたたかく感じる。

女房衆が井戸端で洗濯をしている。手を休め、こちらを興味深げに見ている。

「おはよう」

女房衆に声をかけてから、直之進は富士太郎にいった。

「入るかい」

「えっ、よろしいのですか」

富士太郎が身をよじるようにして喜ぶ。

「こんなにはやく来たってことは、なにかあったんだろうから」

「朝はやいって、直之進さん、もう五つ半はまわってますよ」

「えっ、もうそんなになるのか」

昨夜寝たのが四つ半頃だった。たっぷり五刻は寝ていたことになる。

春眠暁を覚えずというが、いくらなんでも寝すぎだ。

「散らかっているが」

あがった富士太郎はじろじろと見まわしている。

「ああ、直之進さんのにおいがこもっていますねえ」

直之進は庭に面している障子をすばやくあけた。

「あけなくていいのに」

「いや、風を入れたほうがいい」

直之進は布団を隅に押しやり、富士太郎と珠吉が座れる場所をつくった。

「適当に腰をおろしてくれ」

「失礼します」

富士太郎が正座し、珠吉も膝をそろえた。

「膝を崩してくれ」

「直之進さんの前でそんなことできませんよ。裾が割れると恥ずかしいですから」

直之進はため息が出そうだ。珠吉も渋い顔をしている。

「それでなにがあったんだい」

「ああ、それです」

富士太郎がここぞとばかりに身を乗りだす。

「料永のあるじの利八さんが死んだんです」

「なにっ、まことか」

「昨日の朝、死骸が見つかりました。場所は神田の昌平橋のたもとです」

「どうして亡くなった」

「水死です。殺しかどうかはまだわかっていません」

「そうか。——千勢には？」

「昨日、会いました。もし殺されたとして、心当たりがあるかききました。その言葉にしたがっていくつか当たりましたが、これといった手がかりは今のところ、つかめてはいません」

「そうか。とにかく知らせてくれてありがとう。恩に着る」

「いえ、いいんですよ。それがしは直之進さんのためなら、なんでもいたしますから」

富士太郎がしなだれかかろうとする。その前に直之進は立ちあがった。

寝巻きを着替えようとしたが、富士太郎がじっと見ていた。

男なのだから恥ずかしさなどないはずなのだが、その目の熱っぽさがいかにも女だ。

外に出てくれ、というのも富士太郎を意識しているようで直之進はそのまま着替えた。

直之進の体を見て、ああ、と声をあげられたときは背筋に悪寒が走った。

とにかく着替えを終えて、直之進は富士太郎、珠吉とともに料永へ行った。

葬儀の真っ最中だ。

皆、白の着物を着ている。刻限からして、じき野辺送りのようだ。

着流し姿というのは申しわけない気がしたが、直之進は利八の前に行って線香をあげた。富士太郎と珠吉は外で待っている。

直之進は千勢を捜した。

引きつけられるように目が合った。千勢は直之進に気づいていたようだ。やはり白の着物を着ている。

沼里で夫婦として暮らしていた頃、二度ほど葬儀に一緒に出たことがある。

そのときのことが一瞬、よみがえった。楚々とした美しさは参列者のなかでも一際目立っていた。

千勢、と呼ぼうとして、ここではちがう名をつかっているのを思いだした。口を閉ざし、直之進は静かに近づいた。

幼い女の子が千勢に抱きついている。まるで千勢を母親と思っているかのようだ。

どうやら店の娘のようだな、と直之進は察した。

「お運びいただき、ありがとうございます」

千勢がかたい口調でいう。

「急なことで驚いた」

女の子が直之進を見つめている。目の光は強く、聡明さが見えている。

「こちらはお咲希ちゃんといいます。旦那さまの孫娘です」

直之進はお咲希に名乗った。お咲希はこくりと首をうなずかせたが、黙って直之進を見つめているだけだ。

「お咲希ちゃんは旦那さまの唯一の血縁なんです」

二親はどうしたのか、ときこうとしたが、この場ではふさわしくない話題のような気がした。きっと亡くなっているのだろう。

唯一の血縁ということは、と直之進は思った。この幼い娘がこの店の跡継ということになる。

利八という主人を失って、この店はどうなるのか。これまでの繁盛を続けていけるのだろうか。

千勢はなにか決意を秘めたような目をしている。

「なにを考えている」

直之進は気になってただした。

「いえ、なにも」

千勢は小さく首を振っただけだ。

なにかを考えているのは確かだろうが、俺にはなにも話すまい。

直之進は、ではな、と外に出た。

富士太郎と珠吉が、葬儀にあらわれた者、帰る者を片端からつかまえていた。利八について話をきいている。

富士太郎さんはえらいな、と素直に思った。誰に対しても威張ったり、怒らせるような態度を取ることは決してない。気配りをして話をきいている。

そのあたりは尊敬できる。

それにしても、気になるのは千勢の決意したような顔だ。

なにをする気なのか。

利八の死を調べるつもりか。

千勢なら十分にあり得る。藤村円四郎の仇を追って、一人江戸に出てくるくらいなのだから。

九

野辺送りがすみ、葬儀は終わった。

千勢はいいようのない疲れを覚えた。お咲希も同様のようで、静かに眠っている。じき夕方だ。

千勢はぼんやりと庭を眺めた。涙が出てきた。この部屋は利八がつかっていた部屋だ。

利八のにおいがしている。なつかしさで一杯になる。会いたい。でも、その願いがかなえられることは決してない。

これからすべきことはただ一つ。

たってしまえばあっという間だが、葬儀の最中、ときがほとんど進まず、千勢はうずうずしていた。

はやく動きたくてたまらなかった。

どうして旦那さまは亡くなったのか。

町方も疑っているようだが、やはり殺されたのではないか。

殺されたとして、誰に。

千勢は、それを調べようと思っている。

殺されたのなら、理由は必ずある。

気になるのは、どうしても米のことだ。安い米。お咲希の話では、利八はかなり気にしていたようだ。

米が、利八の命を奪ったのではないか。そんな気がしてならない。

お咲希のこと、よろしく頼む。利八にそういわれたが、これはすでに死を意識していたからではないか。

今夜、料永はむろん休みだ。いつ店を再開することになるのだろう。

初七日がすむまでか。

手練の番頭や手代、料理人はそろっているから、店は存続するだろうが、これまでの繁盛ぶりを保つことができるだろうか。

店は利八でもっていた、というい方もできる。大黒柱を失った今、いきなりぺしゃんこにはならないにしても、徐々に傾いてゆくようなことはないだろうか。十分にあり得る。お咲希の両親が健在だったなら大丈夫だろうが、それを望んでも仕方がない。

お咲希のために奉公人たちが心を一つにして守り立てていけばこれまでと同じように繁盛していくかもしれないが、地所がほしいといってきている商人もいる以上、一枚岩というわけにはいかないだろう。

とにかく私がお咲希ちゃんを守ってあげなければ。

そのためにすべきことは、利八の仇討しかないような気がしている。

とにかくすっきりしないと、前に進むことはできない。

お咲希がぐっすり寝ているのを確かめ、千勢は部屋を出た。

店のほうに行き、仕入れの担当をしている善造に会った。

話をきいたが、米を替えたのは店のことを考えてのことだよ、といった。その顔に嘘はないようだ。今はただ、利八の死を悼んでいる。

善造から、新しい米屋の名と場所をききだした。

「行くのかい」

「ええ、少しお話をききたいんです」

「どうして」

千勢は微笑を見せただけだ。利八の部屋に戻り、お咲希を見た。まだ眠っている。

この子のためにも、と千勢は思った。旦那さまの死の理由を明かしてみせる。女中仲間にお咲希から目を離さないように頼もうとしたが、その前にお咲希が千勢の気配を察したか、目を覚ました。

「お千勢さん」

上体を起こし、小さく呼んだ。

「出かけるの?」

「ちょっとね」

「私も連れてって」

千勢はお咲希の前に正座した。

「ごめんなさいね。駄目なの」

お咲希が見あげる。

「さっきの男の人のところ?」

「えっ」

　直之進のことか。

　なるほど、お咲希は直之進のことをじっと見ていたが、そういう意味だったのか。

「あの人はなんでもないの」

そういっても胸に痛みはない。冷たいと思うが、気持ちをごまかすことはできない。

「じゃあ、どこに行くの」

ここは正直に語るべきだろう、と千勢は考えた。

自分がどういう決意でいるか、話した。

「おじいちゃんの仇討……」

お咲希が口をあけている。そんな仕草もかわいい。

「おじいちゃん、殺されたの？」

「まだわからないわ」

「でも仇討ってことは、お千勢さんはそう考えているんでしょ」

「旦那さまがどうして亡くなったのか、真相を知りたいの」

真相、とお咲希がつぶやく。

「そんなことできるの」

「精一杯やってみるつもりよ。旦那さまへの恩返し」

「もしおじいちゃんが殺されたのがわかったら、お千勢さん、どうするの。仇討って、人を殺すんでしょ」

千勢はお咲希を放し、顔を見つめた。

「そこまではしないわ。でももし本当に殺されたのだとしたら、犯人を見つけて町方に引き渡すことが仇討になると思うの」

「手伝いたい」

「お咲希ちゃんはじっとしていて。それが一番のお手伝いよ」

お咲希は納得してくれたようだ。

千勢は料永を出た。すっかり暮れきっている。提灯を頼りに歩きはじめた。

巣鴨仲町にある伯耆屋はすぐにわかったが、店はもう閉まっていた。

無理をいってあけてもらい、主人の鷹之助に会った。

この人は、と千勢は思った。葬儀には来ていなかった。

どうしてだろう。利八の死を知らないのか。いや、そんなことはまずあり得ない。奉公人たちはつき合いのある者すべてに知らせたはずだ。

葬儀に来なかったのは、なにかうしろ暗いことがあるからではないか。

勘繰りにすぎないのかもしれないが、千勢は疑ってかかることにした。

しかしなにをきけばいいのだろう。

「どうして旦那さまの葬儀に見えなかったのですか」

鷹之助は意外そうにした。

「行きましたよ」

「えっ、そうなのですか」

「はい。そんな不義理はできませんから」

千勢は赤面した。そうか、来たのに気づかなかっただけなのか。

「どうして、料永にお米を入れようと考えたのですか」

いってから、つまらない問いをした、と千勢は思った。

「料永さんほどの店にお米を入れる。こちらとしてはずっと望み続けていたことです。ようやく念願がかないました」

「でも旦那さまが死んでしまっては、もうあまり意味がないのではないですか」

鷹之助が眉をひそめる。

「それは、利八さんが亡くなって、店が立ちいかなくなるという意味ですか」

「いえ、それはありません。申しわけございません、失言でした」

駄目だなあ、と思いながら千勢は伯耆屋をあとにした。

なんとなく、鷹之助はなにかを隠しているようにも感じたが、今のままではどうにもつかみようがなかった。

お咲希にえらそうにいったが、やはり私には荷が重すぎるのだろうか。

帰ろう。歩きだす。風が吹きつけてきた。それがとても冷たく感じられた。

「よお」

いきなり声をかけられて、千勢はびくりとした。

佐之助が立っている。まるで風に乗ってあらわれたかのようだ。

「いったいなにをする気だ」

「なにも」

佐之助が薄く笑う。

「気持ちはわかるが、やめたほうがいい。いや、もうやめる気になったのか。ずいぶんしょぼくれた顔をしているぜ」

「あなたに、私の気持ちなどわかるはずがありません」

「どうだ、伯耆屋からいい話がきけたか」

千勢にいう気はない。

「なにもつかめなかったんだろ。素人には無理だ。長屋に帰って寝たほうがいい」

「私はやり抜きます」

強い口調でいった。

不意にやる気が出てきた。そうだ、たった一度うまくいかなかったからといって、へこたれそうになるなんてどうかしている。

旦那さまの仇討をするのではなかったのか。こんなことであきらめてしまったら、お咲希にも申しわけが立たない。

千勢は会釈して、佐之助の前を立ち去った。

ちっ、と音がした。

もしかしたら、と千勢は佐之助の舌打ちを耳にして思った。私を励ますためにあらわれたのじゃないのかしら。

振り返ったが、そこに佐之助の姿はなく、ただ風が流れているだけだった。

第三章

一

千勢のあの目は気にかかっている。やはり利八の仇を討つ気なのだろう。

俺にとめるすべはない。やらせるしかない。佐之助がいえばやめるだろうか。

どうだろう、と直之進は思った。きっと無理だろう。そう思うことにした。

朝餉を食べ終え、あと片づけをした。こういうのにもずいぶん慣れてきた。

寝巻きのままでいるのに気づき、着替えをした。

戸口に人影が立った。また富士太郎かと思ったが、気配はやわらかだ。

「湯瀬さま、いらっしゃいますか」

おきくの声だ。直之進は障子戸をあけた。

「おはよう、おきくちゃん」

「おはようございます」

横からの朝日を浴びて、おきくの顔は輝いている。くっきりとした黒目、高い鼻、形のいい口、つややかな肌。

思わず見とれた。

「どうかされましたか」

「いや、あまりおきくちゃんがきれいなんでな……」

おきくが頬を赤らめる。

「用事かい」

「はい、おとっつあんがおいでいただきたい、と申しています」

おきくの先導で米田屋に向かう。風に運ばれたおきくの香りが鼻先をかすめ、直之進は抱き締めたい思いに駆られた。

その不埒な思いをなんとか抑えているうち、米田屋に着いた。

光右衛門は土間で待っていた。直之進を見ると深く腰を折った。

「わざわざお運びいただいて、申しわけございません」

「いや、そんなのはいい」

直之進はちらりと光右衛門の横にいるおあきを見た。この前会ったときと同じように、顔色はいい。もう心配はいらないだろう。

「なに用かな」

「もちろん仕事のことですよ」

「おっ、いい話が入ったのか」

光右衛門がにんまりとする。

「手前を誰とお思いですか。湯瀬さまに頼まれて、すぐに手を打ちましたよ」

「嘘ばっかり」

横でおきくが笑う。

「今朝、店をあけた途端、入ってきたんじゃないの」

それをきいておあきがうなずく。静かな微笑をたたえている。

美形の笑顔が二つ並ぶと壮観だな、と直之進は思った。そういえば、そんなことを主君の又太郎《またたろう》がいっていたのを思いだした。

今どうしているだろう。元気にしているにちがいないが、顔を見たくなった。

近々、沼里へ初のお国入りだ。見送りに行かなければならない。

「いちいちばらさなくてもいいだろう」

光右衛門がむくれる。

「おぬし、もともとえらが張っているから、むくれてもあまりよくわからんな」

「湯瀬さままでそのようなことを」

「気にしていたのか。すまんな。それで仕事の話というのは？」

「先さまでは、腕利きの用心棒をお望みとのことなんですよ」

「ありがたい」

「先さまは湯瀬さまのことをご存じの上で、名指ししてきたんでございますよ」

直之進は光右衛門から教えられた道をたどりはじめた。

向こうは俺のことを知っているらしいが、直之進に心当たりはない。光右衛門もはじめてのお客ですよ、といっていた。

やってきたのは下馬込村だ。吉祥寺《きっしょうじ》という寺の裏手にある別邸に来てくれ、とのことだ。

別邸はなかなか見つからなかった。本当にここなのか、と直之進は疑った。それらしい建物がないのだ。大きな建物はあるが、どうやら富裕な百姓家のようだ。

あとは、御家人が住まっているらしい組屋敷だ。まさか別邸があのなかにあるはずがない。

おかしいな。うろうろして途方に暮れかけたとき、人の気配を感じた。

「湯瀬さま」

男が道脇の木の陰に立っている。

「おぬしは――」

堅順のところにいた男だ。足に重い傷を負っていたが、もうぴんぴんしている様子だ。

「本復したようだな」

「おかげさまで。あのお医者は腕がいい」

直之進はぴんときた。

「俺がどこの口入屋に出入りしているか、堅順先生からきいたのか」

「そうです。代を払いに行ったときに」

男が小腰をかがめた。

「こちらです。案内します」

どうやらこの男は、と直之進は思った。俺が尾行者を連れてくるのを警戒していたようだ。

そのあたりは用心棒仕事ときかされたときから、承知している。背後の気配には常に気を配っていた。

「おまえさん、名はなんていうんだ」

直之進は、ほとんど足音を立てずに歩く背に声をかけた。

「和四郎といいます」

「侍か」

歩みをとめ、和四郎が振り返る。

「どうしてそのようなことを」

「所作に侍らしさが香っているような気がした。ちがうのか」

和四郎は微笑した。

つかえる、と踏んでくれたかな。直之進は思った。とにかく雇ってもらわないと、いずれ口が干あがる。

光右衛門のところに行けば飯くらい食わせてくれるだろうが、毎日というのは矜持が許さない。自分を養うくらいできないと、江戸で生きてゆく意味はない。

「あれは、なにかの組屋敷か」

直之進は遠ざかってゆく建物の群れを指さした。

「お鷹組の同心組屋敷ですよ」

「ああ、将軍家の鷹か。組屋敷のなかで飼っているのか」

「飼っているんでしょうね。常に一緒にいないと、なつかないでしょうから。調練もできませんし」

　田や畑に囲まれた道を連れていかれたのは、大きな寺の裏手だった。

「その寺はなんという」

「東覚寺です。御府内八十八ヶ所の六十六番目の札所です。赤紙仁王さまがいらっしゃいます」

「あかがみ？」

「赤い紙です。阿吽《あうん》の二体の仁王像に、赤紙を貼りつけるんです」

「なんのために」

「病が治ることを祈願してです。悪いところと同じ場所に、赤紙を貼るんですよ」

「御利益《ごりやく》は？」

「あるんでしょうね。人は絶えないようですから」

　別邸は高い塀がめぐらされている。忍び返しも設けられていた。

「用心深いな」

山城の大手門くらいつとまりそうながっしりとした表門に着くと、和四郎がくぐり戸を叩いた。

直之進はなかに入れられた。敷地内の風をだすのももったいないとばかりに、くぐり戸がすぐさま閉じられる。

母屋は大きなつくりで、城によくある書院造りの建物のように見えた。

直之進は濡縁からなかにあがった。座敷に通される。

茶が出た。喉が渇いているので遠慮なく飲みたいところだったが、そうはいかない。毒が入っているようなことはないのだろうが、警戒するにしくはない。

「飲まれませんか」

横に正座している和四郎が湯飲みを持ちあげた。さほど熱くないのか、喉を鳴らして飲んだ。

飲みっぷりがあまりにうまそうだったので、直之進も喫した。予期していたが、いい茶だ。

直之進が茶托に湯飲みを戻したとき、座敷に人が入ってきた。

あらわれたのは、恰幅のよい男だ。いかにも柔和でにこにこしているが、目は鋭い。武術の心得があるようだ。

和四郎といい、この男といい、商人を装っている感があるが、何者なのか。

「ようこそいらっしゃいました」

響きのあるいい声だ。

「手前、的場屋登兵衛と申します。札差を生計の道としています」

直之進は名乗り返した。

「いらしていただいたのは、手前の用心棒をお願いしたいと思っているのです」

「どういう事情か、お話し願えるかな」

「むろんです」

登兵衛の話では、米を安値で売っている者がいる。それはいい。ただ、その米の出どころを確かめたい。

「それで、手前、いろいろと探らせておりました。しかし、そのことがおもしろくないと考える輩がいるようなのです。今、手前は命を狙われています。しかも、それがこの和四郎によれば、とんでもない遣い手とのことなのです」

「それで、それがしが呼ばれたと」

「さようにございます。ふつうに用心棒を頼んだところで、手前、殺られてしまいましょう。とにかく腕利きがほしい。それで、この和四郎が思いだしたのが湯瀬さま、ということでございます」

直之進は和四郎をちらりと見た。つまりこの男は、堅順のもとで横になっているとき、俺の腕を見抜いたというわけだ。

「おぬし、傷を負っていたのは、その者にやられたからだな」

はい、と和四郎がうなずく。

「とんでもない遣い手というのは、どのくらいの腕なんだ」

「それが、なんとも説明のしようがございません」

和四郎が悔しそうに答える。

「手前では腕がちがいすぎ、どうやってあのすごさをお伝えすればよいやら……」

唐突に直之進の脳裏をかすめたことがあった。この前正田屋に行って飯を食べたとき、富士太郎に会った。あのとき、凄腕による殺しのことをいっていた。

「もしや、つい先日、本郷四丁目で殺された男というのは、その遣い手に殺られたのではないか。死骸にはすさまじい傷跡が残されていたときいたが」

登兵衛と和四郎が同時にうなずいた。

「手前の手下の一人です」

「やはりそうだったか。その遣い手が誰につかわれているのか、わかっていないのだな」

「その通りです」

　登兵衛が顎を引く。

「湯瀬さま、こちらの調べがはっきりするまで、手前の警護を頼みたいのです。代ですが、一日二分、ということでいかがでしょう」

　大金だ。二日で一両ということになる。直之進は声をなくした。

「あの、少ないのでしょうか」

　登兵衛が気がかりそうにきく。

「とんでもない。正直、多すぎてびっくりしている」

　江戸の札差の富裕さは沼里にもきこえてくるほどだが、目の前の男はいったいどのくらいの金を持っているのだろう。

「湯瀬さま、ではなにとぞよろしくお願いいたします」

　深く頭を下げてから、和四郎が立ちあがった。失礼いたします、と出ていった。

「これから、とある米屋を張ることになっています」

　登兵衛が、もう姿の見えなくなった和四郎のことを説明した。

それがどこかを問うても、教えてはもらえんのだろうな、と直之進は思った。

しかし遣い手が相手か。どんな男なのだろう。

まさか、佐之助並みの手練ということはないだろうか。いや、佐之助本人ということはないのか。

富士太郎は、死骸に残された傷跡は似ているが、おそらく佐之助ではないといっていた。

とにかく、佐之助並みに遣えると考えておいたほうがよさそうだ。そんな遣い手と手を合わせるのは楽しみではあったが、まだ体は万全ではない。

堅順の話からすると、本調子になるまであと十日は必要だろう。

もう少し中西道場に繁く通っておけばよかったな、と直之進はかすかな後悔を覚えた。

二

「よし、もう一軒行くか」

煮売り酒屋を出たところで、琢ノ介は声を張りあげた。

「まだ行くんですかい」

弥五郎が驚いていう。

「なんだ、弥五郎らしくないではないか」

「師範代、腹が空かないですかい」

「いわれてみれば、なにか食いたいな。飯が締めか」

「どこかいいところありますか」

「おまえたちのほうが詳しいだろう」

琢ノ介たちはいつものように稽古が終わって、飲みに出てきたのだ。まだ夜ははやく、五つすぎといった頃合だろう。一緒にいる門人は全部で八人。

弥五郎が顔をしかめる。

「いつもこのあたりまで来たら飯を食いに行くところが今夜、休みなんですよ」

今いるのは、小日向水道町だ。直之進や光右衛門が住む小日向東古川町はすぐ近くだ。

「そうなのか」

琢ノ介は考えた。正田屋を思いだす。

「ちょっと歩くがうまいところはある」

一瞬、米田屋に行くかと考えたが、九名もの飯をすぐには支度できないだろう。

琢ノ介は正田屋の味を思いだし、よだれが出かけた。

「どのくらい歩くんですかい」

「そうさな、ここからなら五町ほどか。そんなもんだ」

いつも飲む牛込早稲田町の伊豆見屋《いずみや》から、今日は東に流れてきたのだ。

「それなら、すぐじゃないですか。酔い覚ましにいいんじゃないですかね。師範代、行きましょう」

みんなふらふらとした足取りだったが、無事、小石川伝通院前陸尺町に着いた。その頃にはうっすらと汗をかいて、琢ノ介はむしろ酔いが深まったのを感じた。

正田屋の暖簾を払う。

「いらっしゃい」

厨房からあるじの浦兵衛が威勢のいい声をだす。夜ということで、小女のお多実はいない。代わりに歳のいった女が働いていた。

「おや、平川さま、いらっしゃいませ。こんな刻限に珍しいですね」

「たまにはよかろうと思ってな。門人たちを連れてきた。みんな、貧乏人ばかりで金がない。でもうまい物を食わせてくれ」

「そりゃもちろんですけど、お酒のほうはもう？」

「ああ、腹一杯飲んできた」

「でしたら、お茶漬けはいかがです」

「そりゃいいな。いただこう」

「なにか種類はあるんですかい」

畳の上に落ち着いて、弥五郎がきく。

「いくつかありますが、しじみ茶漬けなんてのはいかがですか」

「ああ、そりゃいいな。しじみは肝の臓にいいというからな」

「あっしもそれがいいですね」

弥五郎が同意する。

「みんなも同じでいいか」

誰も異存はなかった。

「では、しじみ茶漬けを九つですね。少々お待ちください」

さすがに浦兵衛で手際がよく、すぐに九つの茶漬けを運んできた。

「おっ、こりゃうまそうだな」

琢ノ介は箸を手にし、ささっとかきこんだ。

大ぶりのしじみは、嚙めば旨みがじんわりとあふれ出てくる。それが鰹と昆布のだしがほのかに感じられる茶と実に合う。

「うまいな」

「そうでしょう」

琢ノ介の食いっぷりを見守っていた浦兵衛がうれしそうに声をあげる。

「しじみはしぐれにしているんだな」

「ええ、醬油とお酒で煮るんですよ。あまりしょっぱくならないように気をつけています」

「だから、しじみ本来の味が生きているんだな」

「それに、この三つ葉の香りがいいですねえ。しじみをさらに引き立てますよ」

「いいこと、おっしゃってくださいますね」

「こいつらはな、うまい物はうまい、まずい物はまずいってはっきりいうものでな、下手なところは連れてゆけんのだ。その点、ここはいい。なにを食べてもはずれがない」

「ありがとうございます」

満足げな笑みを浮かべて浦兵衛が去ろうとする。

さらさらと米粒を流しこむようにしていた琢ノ介は、米が替わったのに気づいた。

そのことを浦兵衛にいった。

「平川さま、さすがでございますね。実は替えたんです。湯瀬さまもお気づきになったんですよ」

「へえ、あの男、そんないい舌、持ち合わせていたのか」

門人たちが顔を見合わせる。

「なんだ、どうした」

茶漬けを食べ終えた弥五郎が箸を置く。

「いやあ、あっしたちはむしろ、師範代が気づいたことが不思議ですよ」

稽古がはじまる前、弥五郎が寄ってきた。

「師範代、昨夜のしじみの茶漬け、うまかったですねえ」

「さすが正田屋だけのことはあるな」

「あっしたちははじめてだからわかりようがありませんでしたけど、師範代、よく米が替わったの、わかりましたね」

「あっしも見直しましたよ」

門人の多加助《たかすけ》がいう。

「師範代がそんなに上等の舌を持っているなんて、信じられませんよ」

「まったくですねえ。天地がひっくり返らなきゃ、いいんですけど」

「空が落ちてくるかもしれねえぞ」

「いや、大水か地震の前触れじゃねえのか」

「季節はずれの大嵐ってのも考えられるな」

「とにかく天変地異が起きるのはまちがいねえな」

「ちょっと待て。俺の舌一つで、そんなに大袈裟な話になるのか」

「だって師範代、考えられないですもの」

「そうかよ。てめえら、昨日の茶漬け代を払ったのが誰か、忘れてやがんな。もう二度とおごらねえからな」

「別にいいですよ、茶漬け代くらい。知れてますからね」

「ちょっとよろしいですか」

うしろから声がかかり、琢ノ介は振り向いた。

「ああ、これは師範」

琢ノ介は一礼した。みんなも同じようにする。

「うるさかったですか」

「いえ、そんなことはありません。皆さんの笑い声をきくのは、それがし、とても楽しいですから」

笑っていた中西悦之進が静かに問う。

「平川さん、そのしじみの茶漬けの店はどこなのですか」

「師範も行かれますか」

「ええ、行きたいですね」

気楽な口調でいっているが、これまで見せたことのないような厳しい光が瞳に宿っている。琢ノ介は気圧《けお》されるものを感じた。

「しじみ茶漬けがお好きなのですか」

かすかな間があく。

「お恥ずかしいですが」

悦之進が柔和に笑ってみせる。それはつくり笑いのように見えた。

琢ノ介は、悦之進がどうして急に茶漬けに興味を抱いたのか、ただ首をひねるしかなかった。

三

利八の仇討のため。

千勢は明け方前に目を覚ましていた。

気が高ぶっているのか、浅い眠りだった。

薬でもきいているような感じだが、意外に目覚めはすっきりしている。

夜明けとともに起きだし、朝餉をつくった。梅干しにたくあん、わかめの味噌汁だ。

梅干しは、長屋の女房が漬けているものをわけてもらっている。そんなにしょっぱくなく、梅の味が生きていておいしい。体に力を与えてくれる気がする。

千勢は身なりをととのえ、障子戸をあけた。

朝日が射しこんでいる。夏のような陽射しで、これまでのかすんでいた感じはない。

長屋の路地は、どぶ板があたためられてすでに暑いくらいになっている。

もともと寒いのより暑いほうが好きだ。動くのにはこのくらいのほうがいい。

千勢は店を出て、歩きだした。長屋の木戸を抜け、小道を進んで音羽町の大通りに出た。

しかしどうしよう。

今のところ、なにを調べたらいいか、正直わからない。

利八の死には安い米が絡んでいる。その直感を信じるとなれば、行くべきなのは安い米を売っている伯耆屋だ。

よし、そうしよう。あの鷹之助というあるじはなにか知っていて、隠している気がする。

昨日はしくじりだった。でも今日はうまくやれるのではないか。

千勢は勇んで乗りこんだ。

店はやっていた。またあらわれた千勢を見て、鷹之助は露骨にいやな顔をした。

「なんでしょうか」

今度は店先で、上にさえあげない。

「おききしたいことがあります」

千勢は鷹之助の目を見つめた。いや、にらみつけた。

「こちらのお米、どちらから仕入れているのですか」

「どうしてそのようなことをきくんですか。お登勢さんといいましたか、あなたには関係ありませんよね」

「答えられないんですか」

「そんなことはありません。でも、教えるわけにはいきません」

「その店、どこにあるんですか」

「知りません」

「仕入れ先なのに？」

「そういうこともありますよ」

「いくらなんでもおかしいでしょう」

「あなたがどう考えようと勝手ですが、手前どもはおかしいとは考えていません」

「おかしいですよ」

「もうお引き取りください」

鷹之助が冷たくいう。

「朝の忙しいときに、こうしていつまでもときを割いてはいられません。正直申して、迷惑です」

「仕入れ先を教えてください」

「無理です」

千勢は懐刀を呑んでいる。それをつかって脅してみようかと思ったが、それだけでも訴えられるだろう。もし下手して傷でも負わせたら、縄を打たれることになる。

千勢は引き下がるしかなかった。うまくいかない。これでは昨日と同じだ。道を歩きだした。どこへ行くというあてもない。

「もし」

目の前に立ちふさがるように一人の男があらわれた。

「なにか」

「伯耆屋の主人にいろいろたずねていたのは、どうしてです」

男は小柄だが、いかにも敏捷そうな体つきをしている。ただ、怪我でもしているのか、右足をわずかに引きずっている。

「どうして、そのようなことをきかれるのですか」

千勢は警戒している。なにも話すつもりはない。

「お話しくださらないようですね。一緒に来てくださいませんか」

男が真剣な顔で頼みこむ。

「どこへですか」

「手前のあるじのもとです。田端《たばた》村です」

千勢にはどこなのか見当がつかない。

「遠いのですか」

今はもう行ってやれ、という気持ちになっている。なにも手がかりが得られないとき、なにやら変化を与えてくれそうな人物があらわれたのだから、乗らない手はない。

「ここからなら、四半刻ほどです。三十町もないくらいですから」

千勢はあたりにそれとなく視線を投げて、佐之助を捜した。

見当たらないが、近くにいるのはなんとなくわかる。不審な男に千勢が声をかけられているのに寄ってこないのは、この男が何者か、見定めるつもりだからではないだろうか。

「わかりました。お供します」

千勢はついにいった。

「ありがとうございます」

男が導くように先に立って歩きだす。

「お名はなんというのです」

千勢は男にきいた。

「和四郎といいます」

なんのためらいもなく口にした。

本当に四半刻ほどだった。着いたのは、商家の別邸のようなところだ。がっしりとした門がいかめしく、ぐるりをめぐる塀も高い。千勢は門をくぐるのに少し緊張した。足をとめ、うしろを振り向いた。

いない。少し落胆がある。ここまで来ても佐之助が姿をあらわさないのは、ついてきていないのではないか。

「どうされました」

「なんでもありません」

ここまで来て、入らないわけにはいかない。利八の仇討のためだ。そして、佐之助はそばにいてくれると信じた。

千勢はくぐり戸を抜けた。

座敷に通される。風通しのいい、清潔な座敷だ。ここまで歩いてきて体は熱を持っている。それが冷やされる気がして爽快だった。同時に気持ちも落ち着いてきた。

「お待たせしました」

一人の商人らしい男が襖をあけて入ってきた。和四郎の隣に正座する。登兵衛と申します、といった。

「札差を生業としている者です」

札差か、と千勢は思った。生まれてはじめて見た。金儲けにばかり走っている者ということで評判はかんばしくないが、登兵衛という男は、目をぎらつかせてはいない。むしろ侍のような落ち着きさえ見える。

札差があらわれた、ということはやはり安い米を気にしているということか。今頃気づくというのもおそすぎるが、ここまで案内してきた和四郎という男は、伯耆屋を張っていたのではあるまいか。

「お名はなんといわれるのですか」

登兵衛が穏やかにきいてきた。

名くらいかまわない、と千勢は答えた。

すっと隣の襖があき、一人の男が立った。

それが直之進だったから、千勢は驚いた。直之進も信じられないという顔をしている。

「お知り合いですか」

登兵衛が直之進にきく。

直之進が正座し、刀を右に置いた。

「それがしの妻だった女です」

「ええっ」

登兵衛と和四郎は飛びあがらんばかりだ。

「まことですか。だった、ということは？」

「今はちがうといっていいと思います」

「なにかご事情がありそうですね」

「いずれ機会があれば、お話しいたします」

「承知いたしました」

千勢は直之進の目が向くのを待って、口をひらいた。

「あなたさまは、どうしてこちらにいらっしゃるのです」

「用心棒だ。千勢はなぜここに」

「なぜもなにも、こちらのお方に連れてこられたのです」

「和四郎どの、どうして千勢を」

「ある米屋を張っていたところ、このお人があらわれ、あるじの鷹之助と店先でなにやら話をはじめました。手前は近づき、なにを話しているのか、耳を傾けました。どうやら安い米の仕入れ先がどこなのかきいているのがわかり、我があるじに引き合わせたいと思い、お連れしたのです」

直之進が見たので、まちがいありませんとばかりに千勢はうなずいた。

「千勢、その米屋に行ったのは、利八どのの仇討のためか」

やはりわかっていたのか、と千勢は思った。

「そうです」

「なにかつかめたのか」

「なにも」

直之進が苦笑気味に笑みをこぼす。

「だから、ここまでやってきたんだな。相変わらず無鉄砲なことだ」

直之進がまじめな顔になる。

「千勢、やめたほうがいい」

「でも――」

「すごい遣い手がいるらしい。そのために俺はこの人に雇われた」

「私も狙われると？」

「考えられぬわけではなかろう」

それはそうだが、私にも用心棒がついている。だがそのことは、直之進にいうわけにはいかない。

登兵衛が咳払いする。

「千勢さん、どうしてその米屋にそのようなことをきいたのか、お話しくださいませんか。仇討といわれたが、手前もわかっている限りのことをお話しいたしますので」

そういうことなら異存はない。千勢は語った。

「料永なら、手前も存じています。何度か利用させていただきました。味の割に高くない店ですね」

今度は登兵衛がどういうことがあり、どうして直之進を雇ったのか、いきさつを話した。

「命を狙われたのですか」

「実際に刀を振りおろされたわけではありませんが」

「米をめぐって、闇があるのですね」

「国の基となっている物ですし、巨大な相場が立ちますからね。いろいろとあります」

「これからどうされるのですか」

「とにかく、安い米の出どころを探ります」

「御蔵から、ということはないのですか」

千勢は思いきってきいた。

「それはつまり幕府の米が横流しされている、ということですか」

登兵衛は意表を突かれた顔になった。

「御蔵の米は、我ら札差ががっちりと握っています。一粒たりとも横流しされていないと思いますよ」

「断言できるのですか」

「裏切り者がいるのではないか、といわれるのですね。それも調べてはいますが、今のところ、出てきてはいません。昨夜も寄合という名目で札差を七人ほど集め、二人ほど怪しい男をつついてみましたが、二人ともなにもしていませんでした」

「まちがいないのですか」

「まず。世間話を装っていろいろききましたが、どこもおかしなところはありませんでした。もし裏切っているのなら、少しはつまったり、おどおどしたりするはずです」

そうですか、と千勢はいった。

「それに、こう申してはなんですが、札差は儲かります。百人そこそこの者で、幕府の米、およそ四十万石を独占しているのです。裏切る必要はありません」

「前に耳にはさんだことがあります」

「なんでしょう」

「札差がそんなに儲かるのなら、どうして廃業したり、株を売るような真似をするのですか。株の売買は公儀にかたく禁じられているとききましたが」

ほう、と登兵衛が嘆声を漏らした。

「よくご存じですね。湯瀬さまはご存じではないようですのに」

「お店で、お客さまからお話をきかせていただいたんです」

「そういうことですか。——今、千勢さんがいわれたことは確かにあります。でも、株を売ったりする者はほんのわずかです。昨日やんわりと問いつめた二人も、実を申せば今、店が苦しくなりつつあるのです。しかし、二人ともなんとか立て直す自信をみなぎらせていました。あの目に嘘はありません。我ら札差は一枚岩といって過言ではありません」

これ以上、話すこともなかった。千勢は直之進と和四郎に送られて門まで来た。

「いいのですか、雇い主のそばを離れて」

「屋敷内なら襲われることはあるまい」

「油断は大敵にございますよ」

「承知している」

千勢は頭を下げてから、門を一人出た。一陣の風が通りすぎ、思わず佐之助の姿を捜した。

四

屋敷から二町ほど離れたところで、佐之助は千勢に近づいた。

「上気した顔をしているな」

千勢を見つめる。

「あの屋敷に湯瀬がいたのか」

そこまでわかるのかと驚いた様子だったが、千勢は平静に答えた。

「用心棒だそうです」

「あの男もいろいろ忙しいことだ」

千勢が再び歩きはじめる。

「あの男に殺気は感じられなかった」

和四郎のことだ。

「だから、近寄ってこなかったのですね」

「不満か」

「いえ」

佐之助は前にまわりこみ、千勢を見た。

「なかでなにを話した」

「歩きながらもなんですから、どこか茶店にでも入りませんか」

二人は、吉祥寺という寺のそばにある茶店に入った。茶と団子を頼む。

茶を飲み、団子をつまみながら、どうしてあの屋敷に連れていかれたのか、なかに誰がいてどういう話をしたのか、なぜ直之進が用心棒として雇われているか、千勢が話した。

「腕を買われてか」

佐之助はなんとなくいまいましかった。ただ、今のところは直之進に手をだす気はない。

千勢の警護に専念しなければならない。でなければ、この無鉄砲な女はどこにでも首を突っこむだろう。

「話に出てきたその遣い手というのは何者かな」

「戦いたいのですか」

「その気持ちはある。強い者とやる。これ以上、気分を高ぶらせてくれるものはない」

佐之助は頬が紅潮したのがわかった。

珍しいことがあるものだ、というような目で千勢が見ている。

俺が常々直之進を殺したいのも、この思いがあるからではないか。

「帰ります」

千勢が代を縁台に置いた。おごるといっても、この女は一度だした金を引っこめることはないだろう。佐之助は千勢の金を手にし、自分の分も合わせて小女に支払った。

ごちそうさまでした、と小女にいって千勢が歩きだす。

「これからどうするんだ」

「まだ考えていません」

「あてもなく歩いているのか」

「そういうことになります」

むっ。佐之助はふと背後を気にした。

「どうかしましたか」

「なんでもない」

つけている者でもいるのか、といいたげな表情で千勢が振り向く。

残念ながら、千勢には怪しい影など見えないだろう。

歩き続けて、千勢の長屋の十町ほど手前まで来た。

「今日は長屋に帰れ」

「えっ、まだ日も高いのに」

まだ昼もすぎていない。

「いいか、今日は長屋から一歩も出るな。湯屋にもだ。どうせ店は休みだろう」

「湯屋にもですか」

「そうだ。いいか、きっとだぞ」

佐之助は念を押した。千勢が気圧されたようにうなずく。

佐之助は歩きだしかけて、とどまった。

「いいか、まっすぐ帰るな。いろいろ寄り道をしろ。長屋に戻るのは七つすぎにしろ」

「はい」

千勢は真剣な光を目に宿している。

「行ってくれ」

まだ一緒にいたい気持ちはあるが、佐之助は言葉をしぼりだした。

千勢はしばらく佐之助を見ていた。不安そうな色が瞳にある。

「大丈夫だ。行ってくれ」

千勢はそれでも名残惜しそうにしていた。ここでわかれたら次はいつ会えるのか、といいたげな心許ない顔つきだ。

「大丈夫だ。俺はずっとそばにいる。安心しろ」

ようやく千勢が決心をつけ、歩を踏みだした。佐之助はそれを見送って、千勢とは反対の方向にぶらぶらと歩きだした。

尾行者はどこか。

視線を走らせる。

いた。商家の軒先で陽射しを避ける真似をしている。蔬菜売りの百姓の格好をしていた。

とっつかまえてやる。

佐之助は商家の手前で路地に入り、尾行者の目から逃れた。

尾行者は佐之助につくか千勢にするか迷ったようだが、結局千勢を選んだ。

思った通りだ。ということは、あの商家の別邸が張られているということだ。

千勢の話では、的場屋という札差の別邸とのことだった。

湯瀬のやつ、張られているのに気づいているのかな。あの男なら、気配は感じ取っているにちがいない。

佐之助は尾行者のうしろについた。

男はほっそりとした体つきをしている。かなり敏捷そうだ。あれが千勢のいっていた遣い手か。

ちがうだろう。あの男は百姓の格好が似合いすぎている。

遣い手なら、こんなけちな尾行に駆りだされるはずもない。下っ端だ。とらえれば、どこの手の者かあっけなく吐くだろう。

佐之助は慎重につけた。千勢は一町ほど先を歩いている。いわれた通り長屋には向かわず、護国寺のほうを目指している。

千勢が不意に左に折れた。あそこは、と佐之助は思った。鉄炮坂のほうだ。

荷物を背負い直して、男が足をはやめた。佐之助も少しだけ急いだ。

それがいけなかったのかもしれない。

男が気づいたらしく、鉄炮坂に足を向けなかった。そのまま護国寺のほうへ、顔を伏せつつ向かう。

ちっ。佐之助は舌打ちした。ここは今すぐとらえるしかないと決断した。

だが、それを察知したかのように男が走りはじめた。

逃がすか。佐之助は追った。背の荷物を捨てた。

だが男は足がはやい。

さらに足がはやくなった。

くそっ。佐之助は足のはやさを自負していたが、向こうのほうが上だ。

見る見るうちに引き離されてゆく。

佐之助はあきらめなかった。男の姿が見える限り走り続けたが、護国寺の手前で参拝客が多くなってきたせいもあり、ついに見失った。

くそっ。

立ちどまり、男が消えていった方角をにらみつけるしかなかった。

やつは何者なのか。誰かの手先であるのはまちがいない。

とにかく、やつが尾行者に選ばれた理由はただ一つ。

逃げ足が誰よりもはやいということだ。

五

「ここだな」

矢板兵助は路上に出ている看板を確かめた。正田屋とある。

「入るか」

一緒に来た武田《たけだ》尽一郎《じんいちろう》にいう。

「うむ」

兵助は暖簾を払い、なかに入った。

「いらっしゃいませ」

響きのいい声が浴びせられる。

「けっこういるんだな」

昼すぎなのに、客はまだかなり入っている。誰もが顔をほころばせて食べていた。

いい店のようだな。平川琢ノ介が門人たちを連れてきたというのもわかる気がした。

「よし、とりあえず座ろう」

「これだけ忙しそうだと、客が減るまで待つしかないな」

二人は土間のまんなかに進んだ。

「いらっしゃいませ」

小柄だがかわいい顔をした小女が寄ってきて、二人を畳の上に案内してくれた。

「こちらにどうぞ」

「ありがとう」

兵助は自然に声が出た。

どうぞ、と茶の入った湯飲みを二人の前に置く。

「ありがとう。――なにがおいしいんだい」

店の壁にたくさんの品書きが貼ってある。

「なんでもおいしいんですが、鯖がお勧めです。旬ではありませんけど、いい鯖が今日は入ったんです」

「塩焼きかい」

「それもできます」

「塩焼きよりもっといいのがあるのかな。もしや味噌煮か」

「そうです。最高です」

「じゃあ、俺はそいつをいただこう。尽一郎はどうする」

「俺も同じものを」

飯と味噌汁、たくあんがつくそうだ。

「楽しみだな」

兵助が笑いかけると、まったくだ、と尽一郎は答えた。

運ばれてきた鯖の味噌煮は、とろける、という言葉が一番しっくりきた。

「脂が甘いな。こんなにうまい味噌煮を食べたのは、俺、はじめてだ」

兵助は感嘆を隠さずにいった。

「俺もさ」

尽一郎は話すときも惜しいといわんばかりに、箸で身をむしっては口に持っていっている。

兵助も見習った。鯖を食べ終わってしまっても、鯖の脂がにじみだした味噌がまたうまい。それを飯の上にかけ、かっこんだ。一気に飯がなくなった。

得もいわれぬうまさ、というのはこういうのをいうんだろうな、と兵助は思った。

「ここのあるじ、すごい腕をしているぞ」

「ああ、これから贔屓にするか」

「いいな」

小女が湯飲みに茶を注いでくれた。

「ありがとう」

「いかがでした」

「この顔見れば、わかるだろ。食べたばかりなのに、また食べたいよ」

「ありがとうございます」

小女が笑みを見せて、去ってゆく。

二人は茶をのんびりと喫した。

そうこうしているうちに客は徐々に減ってゆき、主人に話をきけそうな状態になった。

兵助は尽一郎にうなずきかけ、立ちあがった。二人で厨房に行く。

「すばらしい腕だな」

「ありがとうございます」

「おぬし、この店のあるじだな」

「さようです。浦兵衛と申します」

いかにも実直そうな男だ。

「ききたいことがある。答えてもらえるか」

「はい、手前に答えられることでしたら」

「最近、米屋を替えたそうだな」

どうしてそれを知っているのか、なぜそんなことをきくのか、という顔になった。

「我らは平川琢ノ介どのの知り合いだ。琢ノ介どのからきいたんだ」

「平川さまから」

知り合いの名が出て、あるじの顔に安堵の色が浮かぶ。

「新しい仕入れ先の米屋はなんというんだ」

「はあ、宇田屋《うだや》さんです」

「米の値だが、決して口外せんので、どのくらい下がったか、教えてくれんか」

さすがにあまりいいたくはないようだ。だが、侍二人の懇願には勝てなかった。

「二割ほどです」

「そうか。ありがとう」

兵助は頭を下げた。

「その宇田屋という米屋はどこにある」

場所をきいて二人は向かった。

宇田屋は、小石川諏訪町という町にあった。町内に諏訪社という神社があり、町の名はそこからきているようだ。

兵助と尽一郎は、宇田屋の座敷であるじの謹之助《きんのすけ》に会った。

「米をどこから仕入れているか、教えてもらえぬか」

しかし謹之助はいわない。

「どうして答えられぬ」

尽一郎が苛立っていう。

「安い米は限られた米屋だけに許されて卸されています。失礼を申しあげるかもしれませんが、商売敵が探りを入れてきたのではないか、という疑いは決して打ち消せるものではないと存じます」

「俺たちが商売敵だと。そんなことはない」

「でしたら、どうして安い米の出どころをお知りになりたいのです。まさか自分のところに売ってくれ、というのではございますまい。安い米がほしいのでしたら、手前が売らせていただきますよ」

「さる事情があるのだ。頼むから、明かしてくれんか」

「さる事情と申しますと？」

「それはいえん。だが、我らはこの人物を捜しておる」

兵助は懐から柳田屋吉五兵衛の人相書を取りだし、謹之助に見せた。

「知らぬか」

宇田屋のあるじは手に取り、目を落とした。

「申しわけございません、存じません」

人相書を受け取り、兵助は懐にしまいこんだ。

謹之助が興味のある光を目にたたえている。

「どうしてその人を捜しているのです」

「それもさる事情というやつでな。おぬしが仕入れ先を明かしてくれたら、話そうと思うが、ふむ、どうやら無理のようだな」

謹之助の目はもとに戻ってしまっている。

「邪魔をした」

兵助は、謹之助をにらみつけている尽一郎をうながして席を立った。

「兵助、刀にかけてでも吐かせたほうがよかったのではないか」

道に出て宇田屋から少し離れたとき、尽一郎がいった。

「安い米の仕入れ先を知るために、そこまでの荒事をせんとまずいか」

「仇討のためだ」

「そんな無理をしても、殿はお喜びになるまい。ここはうらみを買わず、着実に進んでいったほうがよい」

「兵助、おぬし、ずいぶんということが変わってきたな」

「そうかな」

「うん、前は感情をあらわにすることが多かったが、今は冷静さが前に出てきている。物事をよく考えるようになったというか」

「この五年、いろいろあったし、それにこの前道場で竹刀を湯瀬どのと合わせて、かっかするだけじゃあ駄目だな、というのがなんとなくわかったんだ」

「おぬしが子供扱いされたのをはじめて見たものな。すごかったな、あの人は」

「すごい。さして歳も変わらんようだが、俺はあの人のような強さを身につけたいと心から思った」

尽一郎がうらやましそうな顔をする。

「おぬしはまだ目指そうという気になれるだけの腕があるからいい。俺など剣はからきしだからな、そんなこと、いう気にもなれん」

真顔に戻る。

「どうする、兵助。宇田屋を張るか。仕入れ先に行くことがあるかもしれんぞ」

「いつになるかわからんしな。ここはいったん道場に戻ろう」

二人の侍が遠ざかってゆくのを、二階から見おろして確かめた謹之助は、近くにある諏訪神社に出かけた。

懐には、したためたばかりの文がある。

鳥居をくぐり、境内に入る。

一人の神主を見つけ、文を託す。

その神主は本殿裏にある一本の杉の大木に近づいた。

大木の裏にまわる。一本の太い枝に、巣箱のような箱がかかっている。文を入れ、箱をくるりと反対にした。

赤い絵の具で大きな丸が記されている。
これでよい、と神主は神殿のほうにきびすを返した。
毎日、この神社には来るようにしている。
土崎周蔵は、杉の大木にかかった箱が反対になっているのを見た。
箱に手を入れる。
文をひらいて目を落とし、ほう、と声をあげた。
牛込早稲田町中西道場の者、と文には記されていた。
中西だと、と周蔵は思った。あの中西君之進《きみのしん》の手の者だろうか。
偶然は考えられない。偶然などこの世にはない。すべては必然なのだ。
死んだ君之進には、せがれがいた。そのせがれの関係と考えていいだろう。
それにしても中西とは、ずいぶんなつかしい名が出てきたものだ。

六

朝餉はずいぶんと豪華だった。

直之進は目をみはった。なにしろ、朝からいきなり魚が膳にあるのだから。しかも鯵のひらきだ。

江戸に限らず、商家の者はしわいときくが、札差には関係ないのだろうか。的場屋登兵衛はさも当然という顔で、鯵をつついている。

これが当たり前なのか、と直之進は感嘆するしかなかった。

食事の席は庭に面した座敷で、給仕の男が一人いるだけだ。和四郎はいない。今もどこかの米屋を張っているのか。

しかし鯵のひらきを朝から食べられるなどこの上ないことで、直之進はそればかり食べた。

登兵衛がおかしそうに見ている。

「湯瀬さま、誰も取りませんから、もっとゆっくり召しあがったらいかがです」

「いやあ、お恥ずかしい。どうも好きな物が目の前にあると、そればかりに箸をのばす癖があってな」

茶碗を取りあげ、飯を食べはじめた。おかずは海苔に梅干し、たくあん、しじみの味噌汁といったところだ。

どれも吟味されているのがわかる品でとてもうまかったが、特に直之進の舌に合ったのは味噌汁だ。

　しじみがあさりかと思えるほど大ぶりで、身を食べるのになんの苦労もいらなかった。嚙むと、ぎゅっと旨みが口にあふれ出てくる。こんなに大きなしじみだからこそ味わえる醍醐味なのだろう。

　そのだしがよく出ている汁のほうも美味だ。味噌のよさと相まって、最後に喉をくぐってゆくときはほとんど陶然としてしまう。

　直之進はすっかり満足して箸を置いた。

「おぬし、いつもこんな飯を？」

「いえ、たまたまですよ。湯瀬さまがいらしたので、この者に命じて格別豪勢にいたしました」

　給仕をしている者が庖丁人なのだ。

「どこか料理屋に奉公していたのか」

　直之進は庖丁人にたずねた。

「はい、旦那さまに引き抜かれました」

　どこの料理屋かききたかったが、どのみち自分が知っている店ではあるまい。

おそらくこの先、一度として暖簾を払うことはない店なのだろう。

「石然《いしぜん》、というところでございます。そちらで焼方をしていた者です」

登兵衛が説明する。石然か、と直之進は思った。覚えておくだけならよかろう。

膳が下げられ、直之進と登兵衛は茶を喫した。茶葉の緑を溶かしこんでそのまま飲んでいるような、こくのある茶だ。

直之進は、これまで貧乏でよかったな、と感じた。もし生まれたときからこの味を知るような立場だったら、これが当たり前になってしまい、これだけの感動を覚えることはなかったはずだ。

登兵衛が湯飲みを静かに茶托に置いた。

「しかし的場屋、ここにおぬしがいる分には、それがしは必要ないのではないのか」

「とんでもない。手前がこうして茶を楽しめるのも、湯瀬さまがついていてくださるからでございます。もし一人だったら、びくついて、茶を飲む余裕すらございますまい」

「そんなふうには見えんがな。ここにはどのくらいの人がいるんだ。女は一人も働いていないようだが」

そのことは、宏壮な屋敷内を見てまわってわかっている。

「奉公人は十名ぴったりです」

「剣を遣える者は？」

「数名おります」

「おぬし、もとは侍ではないのか」

登兵衛が目を丸くする。

「どうしてそのようなことをおっしゃるのですか」

「和四郎どのにも同じように感じたんだが、なんとなく所作がそれらしい。商人らしくない」

「まいりましたな。その通りでございます」

登兵衛は少し考えこんでいた。

「直参か」

「いえ、陪臣です」

「どこの家中だ」

「それはご勘弁を」

「その者とはまだ主従関係があるのか」

「それもご勘弁ください」

ということは、あるのだ。ないなら、はっきりいえばいいのだから。

「その上の者に、命じられていろいろと探っているのか」

登兵衛は額に手を当てた。

「湯瀬さまにはまいりますな。その通りでございますよ。でも、このことは決してご他言なきよう」

直之進は登兵衛を見つめた。

「札差というのは見せかけか」

「商売としてしっかりと営んでおります。株を買ったばかりの新参者ですよ。古株の札差の人たちのあと押しがあるので、いろいろ動きまわれるわけですが」

「古株のあと押しか。上の者は、札差と深くつながっていると見てよいのだな」

「まあ、そういうことになります」

どういう者なのだろう、と直之進は思った。ほかの大名と同様、沼里でも幕府の職制にならっているが、札差に一番近いというと、蔵役人だろうか。

その上に蔵奉行がいて、それを差配しているのは勘定奉行のはずだ。

そのどこかに、登兵衛の上の者は属しているのだろう。とにかくその者の存在を隠すために、わざと登兵衛が表立って動いているという事情もあるのではないか。

「ところで湯瀬さま、提案があるのですが」

ほかに誰もいないのに、登兵衛が他聞をはばかるように声をひそめた。

「出かけてみませんか」

直之進はすぐに狙いをさとった。

「尾行者がいたら、とらえようというのか」

「そういうことです」

「この屋敷を見張ってはいるようだが」

「まことですか」

「ああ、まずまちがいない」

「さようですか。でしたら、なおさらですね」

直之進は気乗りがしない。なにしろ遣い手といわれる相手の力量がわからないのだ。

そのことを登兵衛にいった。

「湯瀬さま、手前はどうしてもとらえたいのでございますよ。こちらが攻勢に出

ても いい頃合だと思うのです」

「しかし勧められんな」

「どうしても駄目ですか」

「いや、雇い主はおぬしゆえ、どうしても、といわれると逆らえん。それに、遣い手におびえているように思われるのも、正直おもしろくない」

「でしたら湯瀬さま、出かけましょう」

直之進はうなずくしかなかった。

「しかし的場屋、もし万が一危うくなったら、それがしのことはいいから、一目散にここへ戻ってくれ」

「それは、湯瀬さまを見捨てろ、とおっしゃっているのですか」

「そういうことだ」

「しかし――」

「おぬし、もとは侍といってもあまり刀は遣えそうにないからな、助太刀は期待できん。もっとも、そんなに心配そうな顔をしてもらわんでも、そうたやすく斬られたりはせんよ。だが、供は何人かつけてほしいな」

「承知いたしました」

直之進を先頭に門を出た。

直之進はまわりに田畑が広がる景色を見た。

別邸の近くに人影はない。遠くに、働いているらしい百姓の姿が散見できる。

「よし、行こうか」

登兵衛の供には四人ついた。下は二十代、上は四十代までそれぞれだが、いずれも屈強そうな体つきだ。脇差を腰に差している。

直之進は前に立って歩いた。遣い手らしい気配は感じない。

ただし、尾行者らしい者の気配は感じた。どのくらいへだたっているのか。直之進は背中ではかってみた。

およそ一町だ。かなりあけている。おそらく振り返っても姿は見せまい。なかなかいい腕をしているようだ。

登兵衛は外出自体久しぶりだったのか、気持ちよさそうにしている。

「的場屋、もともと外に出たくて仕方なかったんじゃないのか」

「おっしゃる通りですね。退屈していました。もともと家に籠りきりというのは、好きではありません。それなら外出の理由を捜せばいいわけで、尾行者をとらえるという名目は格好でした」

「もうついてきているが、とらえなくてもいいのか」

「とらえられるならとらえてください。それでこそ、この外出は一石二鳥と申せましょうから」

しかし、とらえようにも尾行者は距離を置いて張りついているだけで、近づいてこようとしない。

つかまえるのは相当むずかしそうだった。

ただあてもなく、江戸の町を歩きまわることになった。

昼食は料亭のようなつくりの店に入った。なんでも頼んでくださいといわれ、直之進はしめ鯖を注文した。

脂がよくのっていてとてもうまかったが、正田屋の鯖のほうが直之進の口には合う。

「おいしいですか」

登兵衛が気にしてきく。

「もちろん」

「湯瀬さま、この店の売りはお米ですよ。とっておきをつかっていますから」

米がすばらしいのは、しめ鯖と一緒に食べていてわかった。つやつやして、米の一粒一粒が立っている。輝きがちがう。まるできらきらひかるものを塗りつけたかのようだ。噛むと甘みが口中にふわっと広がり、飲みこむのが惜しくなる。こんなにうまい飯を食べたのははじめてだった。

直之進は食事を堪能しながらも、常に気を配るのを忘れなかった。この八畳間には直之進たちしかいないが、隣の部屋の気配には神経をとがらせていた。

「的場屋、この店には裏から出られるところはないのか」

直之進はふと思いついて口にした。

「出られないことはありません。確か、厨房のほうを抜けていくはずですよ。そちらにまわろうと？」

「俺だけだが」

「では、つかまえるのですか」

「そのつもりだ」

しかしここに登兵衛たちだけを残してゆくのも、気が進まない。もっと腕利きがほしい。

琢ノ介の顔が頭に浮かんだが、今引っぱってくるのは無理だ。

「いや、今日はやめておこう」

「では、明日にしますか」

「明日も出かけるのか」

登兵衛がしわを深めて笑う。

「当然です。尾行者をつかまえるまで続けますよ」

七

少し眠りが浅くなった。

なんだろう。琢ノ介は目をあけた。喉が渇いている。

寝返りを打ち、枕元に手をのばした。昨日の夕方、稽古が終わったときに飲んだ茶が急須に残っている。

起きあがり、湯飲みに注ぎ入れた。喉を鳴らして飲む。冷たくなった茶は実にうまかった。

毎度のことながら、少し飲みすぎたような気がする。今日の稽古が終わって行ったのは、町内にあるいつもの伊豆見屋だ。

かなり飲んだ。

しかし体のことを思えば、そろそろ控えめにしたほうがいいかもしれんな。
さて寝直すか、と独りごちて、琢ノ介は布団に横になろうとした。
なにか、ひんやりした気配を感じた。
琢ノ介は再び上体を起こした。
膝で進み、刀架の刀を取る。いやな予感が胸に兆《きざ》している。
立ちあがった。刀を寝巻の帯にねじこむ。
勘ちがいならそれでいい。だが、どうも勘ちがいではないような気がする。
襖をあけ、廊下に出た。
ばん、と板戸を押し倒したような音がした。
あれは、と琢ノ介は思った。悦之進たちの住む奥と道場のあいだの板戸ではないか。
誰か押しこんできたのか。琢ノ介が寝ているのは道場そばの一室だ。
道場に出た。暗いなか、板戸が向こう側に倒れているのが見えた。
何者だ。琢ノ介は刀の鯉口を切り、足音を立てることなく板戸まで進んだ。
顔だけをのぞかせ、悦之進たちの住む部屋につながる廊下を見た。
やせた影が悦之進たちの部屋の襖を蹴り倒したところだった。闇に光が走ったのは、抜き身を手にしているからだ。

まずいぞ。殺る気だ。琢ノ介は明瞭な殺気を感じた。刀を抜いて、廊下を滑るように駆けた。

押し入ってきた者は、悦之進の部屋に入りこんでいる。

悦之進たちはどうしているのか。眠りこんだままなのか。

「師範っ」

琢ノ介は大声をあげた。

その声に、押し入った者が振り向いた。

きびすを返し、突進してくる。うわ。琢ノ介は思わず声が出ていた。

胴に刀が振られた。琢ノ介は弾き返した。刀が激しく鳴り、火花が散った。

その斬撃の重さに琢ノ介は体がふらついた。

悦之進の部屋に人の動く気配がある。悦之進と妻の秋穂らしい影が敷居際に立った。

「逃げてください」

琢ノ介が叫んだ途端、男が刀を振りおろしてきた。低い天井を十分に計算した上での袈裟斬りだ。

琢ノ介はなんとか刀で受けとめた。またも火花が散り、体がふらついた。

「師範、はやく逃げて」

琢ノ介は腕がちがいすぎるのをさとった。このままでは殺られてしまう。わしが殺されれば、次は師範たちだ。

「逃げて、助っ人を呼んでください」

しかし二つの影は琢ノ介を見捨てることにためらいがあるのか、動こうとしない。

琢ノ介はまた強烈な斬撃を受けとめた。次はもう無理かもしれない。

「はやくっ」

喉の奥から声をしぼりだした。

「迷っている場合じゃない。頼むから、はやく——」

その言葉で踏ん切りがついたか、二つの影が消えた。

男が悦之進のほうを見る。刀を振りあげ、突っこんでいこうとする。

琢ノ介は刀を横に振り払った。

しかし空振りだった。それでもおびやかすのには十分だったようで、男がばっと振り向いた。目が血走っている。殺す、という決意がみなぎっていた。

刀をあげ、猛然と振ってきた。琢ノ介に刀は見えず、勘を頼りに避けた。鼻先から一寸も離れていないところを風が通りすぎ、ひやりとした。

さらに刀が胴に振り抜かれる。これもかわしたが、着物が小さく切れた音がした。

これは本当に死ぬな。なんとか生きのびるためには、逃げるしかない。ただ、走って逃げたくはない。

刀が振られるたびに、琢ノ介はうしろにさがっていった。じりじりと下がり、道場の入口そばまで来た。

入口の戸がない。

外は月があるのか、地上に淡い光が射しこんでいる。

男はなおも刀を振るい続けている。琢ノ介は裸足のまま、外に出た。敷居のところで足を踏みはずした。よろける。ここぞとばかりに刀が襲ってきた。

その刀ははっきりと見えた。月光のおかげだ。琢ノ介は転がるようにして刃を逃れた。

男も出てきた。琢ノ介を殺そうと執念の炎を瞳に燃やしていたが、外は広い。人けはまったくなく、逃げるだけならなんとかなるだろう、と琢ノ介は思った。

もう侍としての体裁など、気にしていられない。

その琢ノ介の気持ちを読んだかのように、男が刀を鞘におさめた。一つ大きく息をつくと、歩きだした。

琢ノ介がそこにいることなど歯牙にもかけていない。

野郎、と思ったが、琢ノ介に突っかかってゆく度胸はない。男が行くのにまかせるしかなかった。

月光を浴びて男のとんがった肩がいつまでも見えていたが、曲がり角のところでようやく消えた。

琢ノ介はへたりこみそうになった。

その前に、駆け寄ってきた影があった。

「師範代、大丈夫ですかい」

弥五郎だ。

「おう、よく来てくれた」

「賊だそうですね。どこですかい」

「逃げた。いや、去っていった」

弥五郎がじろじろ見ている。

「師範代、顔が青いですよ。髪の毛も真っ白になっちまってます」

「まことか」

　琢ノ介は頭に手をやった。

「髪は冗談ですけど、顔は本当ですぜ。月のせいではないでしょう」

「化け物みたいな野郎だった。いや、化け物そのものだ」

「化け物ですかい。あっしがそう思うのは湯瀬の旦那だけですけど――」

「同じくらいの腕だな」

「ええっ、そんなに強かったんですかい。……師範代」

　しみじみ呼びかけてきた。

「よくご無事でしたねえ」

　まったくだ、と琢ノ介は思った。こうして生きていられるのが不思議だ。

「御番所はどうします。届けますかい」

「ああ、明るくなってから届ける」

「あっしは帰ってもいいですかい。ちょうど師範たちも戻ってきたみたいですし」

　弥五郎は明日も仕事だ。

「ああ、ありがとう。ゆっくり休んでくれ」

ではこれで、と弥五郎が帰っていった。手にしているのは道中差のようだ。

弥五郎が間に合わなくてむしろよかった、と琢ノ介は思った。あの向こう気の強さでは、腕の差を考えることなく飛びこんでいっただろう。そうなれば、結果は火を見るより明らかだ。

悦之進と秋穂が寄ってきた。

「平川さん、ありがとうございました。助かりました」

そろって頭を下げる。

「いえ、いいんです。押しこんできた者は勝手に去っていきましたよ」

「しかし今のはいったい……」

「明らかに師範を狙っていましたね。あるいは秋穂さんともどもか」

悦之進は衝撃を受けている。頭に重しをのせられたようにしばらくうつむいていた。

「平川さん、なかで話しませんか」

三人は道場に戻った。入口の戸ははずれているだけだ。

琢ノ介はもとに戻した。一応、木刀で心張りをかます。

蹴り倒された道場の板戸もはめこんだ。完全には直らなかったが、職人を呼べばなんとかなるだろう。

悦之進たちの居間に琢ノ介は腰をおろした。

夫婦が琢ノ介の前に正座する。悦之進がこほんと空咳をした。

「平川さんには命を救われた。しかも命の危険にさらしてしまうことにもなりました。すべて、お話ししますよ」

「はい」

命を狙われた理由が明らかになるということか。そして、化け物のような遣い手の正体も。

「平川さん、前にそれがしの父は濡衣を着せられたとお話ししましたが、覚えていらっしゃいますか」

「ええ、もちろんです。切腹されたと」

「その通りです。それがしは、いえ、もと家臣を含めた我らは父に濡衣を着せた者を追いかけています。家が取り潰しの憂き目に遭ってからずっとです」

「確か、お父上が切腹されたのは五年前とうかがいましたが、再興の望みを？」

「いいえ、そういうものはありません。ただ、父の仇を討ちたいのです」

「仇が誰か、わかっているのですか」

「それを調べている最中です」

　また悦之進が咳をした。

「平川さん、父の身にどういうことが降りかかったか、まずはお話ししたいのですが、きいていただけますか」

「もちろんです」

　琢ノ介は背筋をそっとのばした。

　悦之進が語りはじめる。

「父は君之進といいました。五年前、それがしの姉が他家に嫁したとき、出入りの米屋が祝いを持ってきました。屋敷にいたのは、母の玉世《たまよ》でした。旗本七百石で蔵役人の父は、つとめで不在でした。父は賄賂などは決して受けつけない清廉な人物として知られていました。そういうまじめすぎるところをきらっていた者も、また多かったようです。敵とまではいわないまでも、決してなじめないと考えていた者たちです」

　その日、帰宅した君之進は、玉世から米屋の話をきき、祝いの品を返すようにいった。

そういうのは受け取らぬよう、かたくいってあったではないか。

申しわけございません。

玉世は、座敷の床の間に置いておいた品物を取りに行った。しかし、なぜかどこにもなかった。

捜せ。君之進は命じた。どこかにいってしまうなどということはなかろう。

跡取りの悦之進だけでなく、その頃すでに嫁に来ていた秋穂、すべての奉公人が加わって総出で捜したが、米屋が持ってきた祝いの品は見つからなかった。

いったいどこにやった。君之進は玉世にただした。

わかりません。玉世が答える。

なにを持ってきた。

菓子折でございます。

菓子折か。なくなってしまったのは仕方ないが、必ず同じ物を返しておくようにな。

承知いたしました。

二日後、菓子折をととのえた玉世が供を連れて持っていこうとしたそのとき、当の米屋が屋敷にやってきた。

その日、君之進は非番で在宅していた。

「この前の菓子折、いかがでございました」

座敷で君之進と対座した米屋がにこやかにきく。

「それが食べておらぬ。返す気でいたが、どこかにいってしもうた」

米屋が怪訝そうに問う。

「それは、どういう意味に取ればよろしいのですか」

「どういう意味もなにも、申した通りの意味だが」

「中西さま、まさかとぼけられるのでございますか」

「とぼける？　なんのことだ」

「なんのことだとは、こちらがおききしたいことでございます」

そのときには、米屋の顔色ははっきりと変わっていた。

「ようやく受け取ってもらったと思ったのに、いただけたご返事はこれでございますか」

「おぬし、いったいなにをいっているのだ」

「浅ましい、実に浅ましい」

米屋が畳に目を落とす。

「ちゃんと説明せい」

「もうおとぼけはけっこうでございます」

米屋が憤然と席を立つ。

「中西さま、お目付に訴え出ることにいたしますので、どうか、ご覚悟くださいませ」

「なんの話だ」

君之進は呆然とし、立ち去る米屋を見ているしかなかった。

琢ノ介も声をなくしていた。ここまで悦之進の話をきいていて、その米屋がなにをいっているのかまったくつかめなかった。

「その後、屋敷に御徒目付の調べが入りました」

「それでどうなったのです」

「父が愛用していた小簞笥から、大金が見つかりました。例の米屋の名の入った菓子折の底に、二十五両の包み金が四つ並べられていたそうです」

「百両ちょうどですか」

「ええ、七百石の家にとって、決して少なくない金額です」

悦之進がため息をつく。

「百両だけでなく、ほかにも七百両もの金が見つかりました。屋敷の者総出で菓子折を捜したときはなにも見つからなかったのに」

「では、見つかったのは全部で八百両ということですか」

「そういうことです。しかも、その一方で勘定奉行の調べがはじまっており、御蔵衆のほうで千両近い金が紛失しているのがわかったそうです。我が屋敷で見つかった七百両はその千両から流れたものではないか、という疑いがかかりました」

徒目付に問いつめられたが、君之進は頑として、それがしはなにもしておらぬ、といい張った。

「しかし名誉を重んじた父は疑いをかけられたことを恥じ、見事に腹を切ってのけました」

悦之進が肩を落とす。

「無念だったと思います。それがしはせがれとして、どうしても父の無念を晴らさなければならぬ、と思っています」

横で秋穂もうなずく。

「お気持ちはよくわかります」

琢ノ介はたずねた。

「その賂《まいない》を持ってきたという米屋は、その後どうなりました」

「潰れました。しかし消息は知れず、今もきっと生きているはずです。あの男をつかまえれば、すべては明らかになるのです」

もう五年もその米屋を追っているという。しかし影さえもつかませない。

悦之進は人相書を取りだした。

「この男です」

悦之進と秋穂は五年前、屋敷で二度見たという。頬がやせこけているのが特徴だ。

「名はなんと」

「柳田屋吉五兵衛、といいます。今は名を変えているかもしれませんが」

「わかりました。それがしも心がけておきますよ」

「助かります。よろしくお願いします」

「しかし師範」

琢ノ介は呼びかけた。

「真相に近づいたのは紛れもないでしょう。だからこそ、刺客を立てて襲ってきたのですよ」

八

ちっ。またしくじっちまった。

中西悦之進を殺すのに失敗し、土崎周蔵は疲れきっている。殺れなかった。最近はどうもへまばかりしている。

どうするか。報告するには刻限が悪い。深夜だ。

いや、あのお方は起きているだろう。

周蔵は島丘屋敷に向かった。

門番は寝ている。起こすのはかまわなかったが、待たされるのがいやだ。

周蔵は塀を乗り越えた。高さはあるが、そんなにむずかしいことではない。

庭を静かに進み、最初に目についた濡縁にあがる。障子をあけると、座敷が広がっている。畳のいいにおいがする。

この屋敷は常に畳を新しいものに取り替えている。あるじ島丘伸之丞の命だ。

どうしてそこまで新しい畳にこだわるのかわからない。新しい畳のなにに、そんなに惹かれるのだろうか。

座敷から廊下に出て、奥に進んだ。

目当ての座敷の前に着く。宿直《とのい》の者が二人いる。

音もなく近づいてきた周蔵に二人そろってぎくりとし、声をあげかけた。

「それがしにござる」

廊下で燃えるろうそくに顔を近づけ、おのれの顔を確かめさせる。

「ああ、土崎どの」

二人ともほっとした顔を見せた。

「殿はおやすみか」

「いえ。お会いに？」

「できれば」

周蔵は座敷に招じ入れられた。隣の間から島丘伸之丞がやってきた。

「夜おそくまでご苦労だの」

「いえ、これが仕事ですから」

周蔵は今夜の顚末を告げた。

「申しわけございません、しくじりました」

　ふむ、と仲之丞がつぶやいた。

「まあ、精一杯やった結果だ。仕方あるまい。中西悦之進とやらにまだ寿命があったにすぎん」

　島丘仲之丞は責めはしなかった。だが次にしくじればまずいことになりそうな予感を、周蔵は抱いた。

「しかしその道場の師範代、さして遣えなかったのであろう。どうしてやり損ねた」

「受けだけは上手なやつでした。こちらがいくら攻撃を仕掛けても反撃がなく、亀のように縮こまってしまいまして、最後は外に逃げられました」

「縮こまった亀の首を切り落とすのが、そのほうの得意とするところであろうが」

「はい、そのつもりでおりましたが、あやつ、真剣での実戦の経験があるようで、守られますと少々手強く」

「そのほうらしくもない弱気な言葉よな。次は殺れるか」

「むろんです。叩き斬ってやります」

「頼もしいことよな」

仲之丞が薄い笑いを見せる。

「ところで周蔵、伝えておくことがある」

周蔵はかしこまった。

「そのほうにいわれて手下を増やし、的場屋を張らせている。店と田端村の別邸にだ。今、登兵衛は別邸のほうにいる。用心棒を雇ったようだ」

「ほう、用心棒を」

「かなりの遣い手らしいぞ」

「それは楽しみです」

「勝てると？」

「それがしが負けるわけがありません。むしろ強い相手のほうがよいのです。逃げませんからな」

「なるほど」

仲之丞が楽しげにうなずく。

「わしの伝えたいことというのは、その用心棒のことではない」

周蔵は黙ってきく姿勢を取った。

「手下が別邸を張っていると、そのほうが殺し損ねたらしい男が女を連れて別邸にやってきたそうだ」

「やはりあの男、的場屋の犬だったのですね。女というのは誰です」

「周蔵、話しているのは誰だ」

「失礼いたしました」

「先走るな」

「申しわけございません」

周蔵は頭を下げた。

「半刻ほどして、女が出てきた。その女に一人の男が話しかけた。女は親しげに男と話していたそうだ」

女が誰なのか、男は何者なのか、ききたかったが、周蔵は我慢して黙っていた。

「女はまだ何者かわからん。男もだ」

「はい」

「当然、その男女を手下はつけた。だが男に気づかれ、逆に追われた」

「なかなかやりますな、その男」

「なかなかどころではないようだ。手下の話では、とんでもない遣い手ではないか、とのことだ」

さすがにその言葉は周蔵の興味を惹いた。

「どのくらい遣えるのでしょう」

「わからん。手下のめがねちがいというのも考えられる」

もし、と周蔵は思った。その男が自分より強ければ、会いたくはない。弱かったら、とことんなぶってやりたい。

とにかく一度、顔ぐらいは見たい。それで確実にどのくらい遣えるか、つかめるだろう。

的場屋の用心棒にその謎の男。二人も遣い手がいる。これは楽しいことになってきた。

「周蔵、少々疲れた顔をしておるな。寝ておけ。寝床は用意させる」

「はっ、ありがたき幸せ」

周蔵は両手をそろえた。

「ところで殿は、いつお眠りになっているのですか」

「わしは眠らぬ。もう十年以上は寝ておらんな」

冗談なのか真実なのか、周蔵にははかりかねた。

「では、これにて失礼いたします」

廊下に出ると、宿直の者が寝間に案内してくれた。

周蔵はすぐさま布団に横たわった。

うつらうつらしたような眠りだった。

それでも鳥の鳴き声に気づき、濡縁に立ってみると、夜明けだった。およそ二刻は寝たようだ。

伸之丞に再び会い、自分も的場屋の別邸を張る旨を告げて外出した。

歩きだすと、昨夜のしくじりがまた思い起こされた。

おもしろくない。

向こうから町人がやってくるのが見えた。若くて少しいきがっているような男だ。

周蔵はわざと肩をぶつけた。

「きさま、気をつけろ」

「なんだよ、ぶつかってきたのはてめえだろうが」

周蔵は町人の襟元を握り、思いきり殴りつけた。襟を握られているせいで、町人は逃れられない。何発も拳を浴びせて、気絶させた。ぼろ雑巾のようになった男を投げ飛ばし、歩きはじめた。

さらに浪人にも因縁をつけ、殴りつけた。

やくざ者にも喧嘩を売った。やくざ者は七、八人いたが、すべてのしてやった。

九

夜明けとともに、中西道場には矢板兵助たち五名が顔をそろえた。

その輪に、琢ノ介も入っている。

いずれも血相を変えている。それでも悦之進の無事な姿を見て、五人とも安堵の色を漂わせている。

「襲われたというのはまことですか」

兵助が悦之進にただす。

「まことだ。平川どのが助けてくれた」

「さようですか。ありがとうございました」

五名がいっせいに頭を下げる。

「いや、礼などいらぬ。当然のことをしたまでだから」

悦之進が五人の顔を見渡した。

「助けていただいたお返しに、平川どのにはすべてをお話しした。これから力添えしていただけるそうだ」

「さようですか。ありがたし」

「それで矢板どの、おききしたいのだが、よろしいか」

琢ノ介は兵助にいった。

「はい、なんなりと」

「昨日、矢板どのはもう一人の方と正田屋に行ったのだな」

「はい、そのことは昨日、悦之進さまにお話ししましたが、一緒に行ったのはこの武田尽一郎です」

「その後、二人は正田屋の浦兵衛から話をきいて、宇田屋という正田屋の新しい仕入れ先の米屋に行ったのだな」

「そうです」

なるほど、と琢ノ介はいった。

「おそらく、そのことが何者かの気に障ったのではないかな」

「ふむ、考えられますね」

悦之進が同意をあらわす。

「それがし、知り合いの町方に知らせてあります。おっつけ、来てくれるでしょう」

琢ノ介は牛込早稲田町の自身番に届けをだし、富士太郎に連絡してもらうことにしたのだ。もうつなぎはついた頃だろう。

　昨日、宇田屋という米屋が仕入れ先を話さなかったというのは、素人の探索の限界を示している。話を米屋からききだすのに、お上の威光はどうしても必要だ。

道場のほうで、訪いを入れる声がした。

「来てくれたようです」

琢ノ介は立ちあがった。

入口に富士太郎と珠吉がいた。

「朝はやくからすまんな」

「いえ、なんでもありません。こちらの道場主が襲われたということですが」

「ああ、とんでもない遣い手だった。びっくりしたよ。――とにかく入ってくれ」

　琢ノ介は二人をあがらせた。

　道場を通るとき富士太郎がいった。

「ああ、男の人の汗のにおいがしみついてますね。いやなにおいですねえ」

「なんだ、富士太郎にはいいにおいだと思っていたぜ。ふーん、そういうものか」

「これが直之進さんのにおいだったら、かぐわしいと思うんですけどね」

「あの男の汗がかぐわしいか。気が知れんな」

　悦之進の前で、あらためて昨夜どういうことがあったか、琢ノ介は語ってきかせた。

「そういうことがあったのですか。よく平川さん、無事でしたねえ」

「運がよかったよ」

「やはり平川さんは実戦になると力を発揮するんですね」

「ほめるな、富士太郎。おまえに惚れられてはたまらんからな」

　一瞬、悦之進たちがあっけにとられた。

富士太郎がにっこりと笑う。

「それがしはその手の者なんですよ。どうぞ、よろしく」

「なんだ、自分でいっちまうのか。実をいうと、この男、直之進に惚れているんだ」

「えっ、直之進さんて、そちらなんですか」

兵助が驚いてきく。

「富士太郎はそうなることを望んでいるけど、直之進にはその気はないな。——だから富士太郎、直之進のことはあきらめろ」

「それがしはあきらめません」

富士太郎がきっぱりといい放つ。

今頃、直之進は怖気《おぞけ》をふるっているのではあるまいか。

「話がずれたな」

琢ノ介は大仰に咳払いした。

「富士太郎、この人たちは実は仇を追っているんだ」

どういう事情か、琢ノ介は悦之進の了解を得て話した。

「そういうことですか。それならお安いご用です。今からその米屋に行きましょう」

もしまた悦之進が襲われたらまずいということで、兵助たちには道場に居残ってもらうことにした。

一人、遣い手ではない武田尽一郎だけ連れて、琢ノ介は富士太郎、珠吉とともに小石川諏訪町にあるという宇田屋に向かった。

着くやいなや、富士太郎があるじの謹之助の前にずいと立った。

その動きに意外な迫力があり、琢ノ介は見直した。この男も成長してきているということだろう。

道場にいたときとのあまりの変わりように、尽一郎も目をみはっている。

「安い米の仕入れ先はどこなんだい」

富士太郎が十手を手に問いはじめた。

「申しわけございません、いえません」

謹之助が身を縮めるように答える。

「どうしてだい」

富士太郎は十手を見せびらかす。

「お上の御用できいているんだよ。それに、おまえのために、人が殺されかけているんだ。ここはどうしても教えてもらうよ」

「人が、ですか」

「そうだよ。幸い殺されはしなかったけど、一歩まちがえば、というところまでいったんだ」

謹之助は衝撃を受けている。

「はやくいってほしいな。仕入れ先の名とどこにあるかだよ」

「いえ、すみません、いえません」

「旦那、大番屋に連れていきましょう」

珠吉がいまいましげにいった。

「それしかこの男の口を割る手立てはありゃしませんよ」

「そうだね。それしかないね」

大番屋ときいて、謹之助の表情が一変した。

大番屋は調べ番屋との呼称もあり、自身番などで手に余る調べの場合、連れていって徹底して調べることになる。

ここに連れていかれて罪状がまちがいないということになれば、小伝馬町の牢屋敷に入れられるのだ。

「この男はすぐに小伝馬町行きだね」

「そうですね。これだけあっしらに逆らう姿勢を見せているんですから、お上の慈悲もないでしょうし」

「よし珠吉、引っ立てな」

「承知しました」

珠吉が腰の捕縄をはずす。

「わ、わかりました」

いかにも芝居がかったやりとりだったが、謹之助の腰は砕けたようだ。琢ノ介がちらりと横を見ると、見事なものだな、とばかりに尽一郎は感心している。

「お話しします」

謹之助はすがるような目をしている。

「でもお役人、手前はただ文を書いて知らせただけなんです」

「なんの話だい」

「もし仕入れ先のことをきいてくる者がいたら、あそこの神社の神主に文にして届けるようにっていわれているんです」

「神社ってそこの諏訪社のことかい」

「そうです」

富士太郎が、ちっと舌打ちしそうな顔つきになった。町方は寺社奉行の許しをもらわないと、踏みこめない。

「俺が行こう」

「平川さんが」

「なんとかなるだろう」

尽一郎も行きたいといったから、かまわんよ、と告げた。琢ノ介は謹之助を連れて諏訪社の鳥居をくぐった。

「どの神主だ」

琢ノ介がいうと、謹之助が捜しはじめた。だが、文を託した神主は見つからなかった。

「本当はそこにいる神主がそうなんじゃねえのか」

尽一郎も同じ思いを抱いていたようだ。疑いの目をしている。

「いえ、ちがいます。本当にいないんです」

謹之助が必死にいい募る。

「その神主、名はなんというんだ」

「確か峰雄《みねお》さんといいましたが」

「そりゃ名のほうか」

「だと思います」

「ここで待ってろ。尽一郎さん、見張っててくれ」

琢ノ介は祈願所らしい建物に歩み寄った。そこには巫女がいる。話をきくなら、女のほうが口は軽いだろう。

おみくじを売っていたので、琢ノ介は引いた。末吉だった。中途半端だな、と思った。まあ、大凶よりはいいか。

「一つききたいんだが、いいかい」

「はい、なんでしょう」

巫女は真っ黒な瞳をしている。

「峰雄という神主はいるか」

「いますが、出ています」

「どこに行ったのかな」

「私用らしいんですが、今日は休みをいただいているんです」

「そうか。ありがとう」

琢ノ介は巫女のもとを離れた。謹之助を連れて、富士太郎たちのところに戻る。

「神社自体に怪しいところはない。おそらく関わっているのは、峰雄とかいう神主だけだろう。今、出ているそうだ」

わかりました、と富士太郎がいった。

「寺社奉行に、その神主の探索の許しを得なければなりませんね」

「でも、ときがかかるんだろう」

「すぐに、というわけにはいかないでしょうね」

琢ノ介はじろりと謹之助を見た。

「おい、そういえばまだ仕入れ先がどこか、きいてなかったな」

「わ、わかりました」

謹之助はすっかり観念した顔だ。

「信濃屋さんといいます」

「場所はどこだい」

これは富士太郎がきいた。

「存じません」

「本当に大番屋に連れてくよ」

「本当なんです。本当に知らないんです」

「だったら、どうして米を仕入れるようになったんだい」

「知り合いの米屋の紹介です。今、競りが激しくてうちも厳しいんです。以前、寄合のときに、それなら安い米を仕入れられるよって教えてくれたんです」

「そいつは誰だい」

「伯耆屋さんといいます」

富士太郎が珠吉と顔を見合わせた。

「きいた名だね」

「そりゃそうですよ、旦那。料永の仕入れ先の米屋ですよ」

「ああ、そうだったね。あるじは鷹之助だったね。またあの男に行き着くのかい」

「怪しい男なのか」

琢ノ介はたずねた。

「それがよくわからないんですよ。また行ってみようとは思いますけど、なにもつかめない気はしますねえ」

富士太郎が謹之助に顔を向けた。

「信濃屋とは会ったこと、あるのかい」

「はい、一度だけ」

「どこで」

「ここです。向こうから来ました」

「信濃屋のあるじの名は？」

「茂助さんといいました」

「店がどこにあるか、きいたのかい」

「ききましたが、手前には教えてくれませんでした」

「伯耆屋は知っているのかな」

「さあ、どうでしょう」

富士太郎はしばらく考えていた。やや湿り気を帯びた風が吹き抜ける。

「荷はどこから運ばれてくるんだい」

「荷車で来ます。どこから運ばれてくるかは知りません」

「それは信濃屋の荷車だね」

「そうです」

「人足も信濃屋かい」

「そうだと思います」

「荷はいつ来るんだい」

「半月に一度です」

「最後に来たのは？」

謹之助は思いだそうとしている。

「七日くらい前です」

「となると、あと七、八日は来ないのかい」

「そういうことになります」

富士太郎が顔を向けてきた。なにかきくことはありますか、という表情だ。

琢ノ介にはなかった。富士太郎のいかにも同心らしい問い方に正直、見とれていた。

富士太郎が謹之助を一瞥する。

「宇田屋、いいかい。おまえのところにはしばらく手の者を張らせてもらうから、ね。変な動きをしたら、承知しないよ」

「は、はい、わかりました」

謹之助はおどおどと答えた。

「では、引きあげましょうかね」

富士太郎にいわれ、琢ノ介は歩きだした。うしろを珠吉、尽一郎がついてくる。

第四章

一

「信濃屋儀右衛門、参上いたしました」

襖に向かっていった。

「入れ」

儀右衛門は襖をあけ、失礼いたします、と座敷に足を踏み入れた。

正面に島丘伸之丞がいる。儀右衛門はその向かいに正座した。

伸之丞は顔をしかめている。

「なにかお気に召さぬことでも」

「今のところ、うまくいっているとはいいがたいのでな。消すべき者を消しておらぬ」

「さようですか」

「殺すべき者のなかに、中西悦之進という男も出てきた」

「中西ですか。なつかしい名ですが、君之進のせがれですか」

「ああ、いろいろと画策しているようだ」

「しかし中西家は潰れましたし、せがれはなんの力も持っておらぬでしょう」

「甘く見るでない」

「失礼いたしました」

伸之丞が脇息にもたれかかる。

「呼んだのは、別に理由はないのだ。おぬしの顔が見たくなってな」

「さようですか」

なんとなく、気持ち悪さが儀右衛門の胸をよぎっていった。どうしてこんな気持ちにさせられるのか。

儀右衛門は自らを奮い立たせるように背をのばし、口にした。

「そういえば、島丘さまにお会いするのは久しぶりです」

「儀右衛門、料亭をいくつも買いに走っているらしいな。うまくいっているのか」

儀右衛門は顔をしかめ気味に首を振った。

「うまくいっているとは……。いろいろありますし、料永の買い取りもしくじりました」

「――料永を買い取ろうとしていたのか」

「場所もよく、繁盛している店ですので以前よりほしいと」

「あるじの利八という者が死んだのは、知っておるな」

「はい。土崎さまには感謝しております。おかげで、買い取りがうまくいくかもしれません」

「跡取りはおらんそうだな」

「ええ、八歳の孫娘だけです」

「それなら、突き崩すのはすぐではないか」

「そう願うております」

儀右衛門は丸めた頭をなでた。頭を僧侶のようにしたのはつい最近だ。こちらのほうが月代を剃るよりも面倒くさくなくていい。

儀右衛門の夢は、いくつもの料亭を手中にし、自前の米を卸すことだ。

それができれば、これまでのやり方よりはるかに儲かる。ただし、いずれも繁盛している店でなければならない。

「しかし、どうして料永のようなところをほしがる。一からはじめようとは思わんのか」

「手前といたしましては、繁盛している料亭などをとにかく手に入れたいのです。もっと繁盛させる自信があるのです」

「その自信があるなら、やはり最初からやればいいのではないか」

儀右衛門は微笑を浮かべた。

「それだと、ときがかかりすぎます。食に通じている者たちは意外に新しいところへやってきてくれないものです。それでしたら、最初から名の通った店を手に入れたほうが商売としてはまちがいがありません」

「そういうものかな」

「手前はそういうものと信じております」

伸之丞が笑みを浮かべる。そういう顔になると愛嬌があり、少し惹かれるものがある。

「しかしおぬし、太ったのう。はじめて会った頃は骨と皮のようにやせておったのに」

「そのことはこの前、土崎さまにもいわれました」

「周蔵か。やせすぎておるからの。おぬしがうらやましいのであろう」

「うらやましいですか。お気持ちはわかります。手前もやせていた頃は太りたかったですから。こうして太れたのも島丘さまのおかげでございますよ。なにしろ、いい物を食べられるようになりましたゆえ」

「うまい酒も飲んでいるのであろう」

「さまざまな料亭を手に入れようとしている者にとって、いい酒を吟味することは大事でございます」

仲之丞が身を乗りだす。

「儀右衛門、飲むか」

「ありがたく頂戴いたします」

仲之丞が家臣を呼び、酒をいいつけた。

すぐに徳利と塗り盃が持ってこられた。

「飲め」

「ありがとうございます」

儀右衛門は注ぎ返した。

二人は盃をあけた。

「うまいのう」

「本当に」

仲之丞が脇息を前にだし、上体を預けるようにした。

「五年前はよくやってくれた」

「いえ、なんでもございません」

「あのときは柳田屋吉五兵衛と名乗っていたのだったな」

「なつかしいですね」

「あの堅物、邪魔で仕方なかったが、うまく片づけることができたな」

「ちと手間はかかりましたが」

「あのときおぬしは一介の米屋だったが、今は米の卸しに運送業、そして料亭か。手広いのう」

「すべて島丘さまのおかげでございます」

「おぬしに力があったということよ」

「お礼は十分に、と考えています」

「おぬしにはよくしてもらっている。これ以上はよい」

「とんでもございません。島丘さまにはもっと尽くしたいと考えています。なにとぞ、よろしくお願いいたします」

儀右衛門は手をそろえ、深く頭を下げた。

「欲の深い男よな」

仲之丞が楽しそうにいった。

「まかしておけ。おぬしに命がある限り、儲けさせてやる」

二

厚い雲に空は覆われて、風が少し冷たい。陽射しがさえぎられているせいで昼が近いとはいえ、夕方のような暗さが垂れこめている。

「湯瀬さま、春とは思えない寒さでございますな」

背後から、的場屋登兵衛がのんびりと声をかけてきた。そのうしろには六名の供がついている。

「花はまだ先かな」

「ええ、あと半月は待たなければならないかもしれませんな」

まだ半月もあるのか、と直之進は思った。いや、半月しか、かもしれない。不意に主君である又太郎を思いだした。

沼里七万五千石の跡取りだ。じきお国入りをすることになっているが、そうなれば一年は会えない。寂しさが募る。

又太郎とは、まさか自分の主筋に当たるとは知らずに知り合うことになった。その後、又太郎が家中の者に命を狙われたところを直之進が救うことになり、直之進は又太郎からこの江戸に残ることを許された。手をつけるつもりはないが、家禄の三十石を今も給してもらっている。

会いたいな、と思う。又太郎が江戸を発《た》つ前に必ず会って、顔を拝んでおかなければならない。面影を脳裏に刻みつけるのだ。

一年などすぎてしまえばあっという間だが、それでもやはり長い。直之進が沼里に行けばいいのだろうが、なかなか行く機会はないだろう。

「湯瀬さま、どうされました」

直之進ははっとした。油断していた。

「ああ、すまぬ。なんでもない」

「昨夜はよく眠れませんでしたか」

登兵衛からは一室が与えられている。上質の布団も用意されていた。

「用心棒だからな、熟睡することはない。眠っていても神経は針のごとく、だ。しかし安心してくれ。眠気はない。考えごとをしていただけだ」

「湯瀬さま」

ひそやかな声で登兵衛がいう。

「つけてくる者の気配はしますか」

「今のところ感じん」

「そうですか。どうしたのでしょうか」

「昨日の男は、つけることをもっぱらにしているのか、意外な手練だった。今日はさらなる腕利きがついたのかもしれん」

「見つけられますか」

「それは大丈夫だろう」

見つけ、ひっとらえる。やれる確信が直之進にはある。

やがて、尾行者の気配があらわになった。

よし、いいぞ。直之進は心中うなずいた。

丸山新道という広い通りをしばらく歩いて、登兵衛が足をとめたのは小石川丸山新町だ。

目の前に建つのは昨日とはちがう料亭で、ここには厠の裏に外に出られる裏口があるという。看板には内田屋《うちだや》とある。

尾行者の気配は消えているが、どこかにひそんでいるのはまちがいない。

「しばしのんびりしていてくれ」

二階座敷にあがった登兵衛に、直之進はいった。視線を移し、和四郎を見る。

「的場屋を頼む」

「おまかせください」

和四郎が登兵衛のそばについている。このことを直之進は、登兵衛の策を呑む条件にしたのだ。

和四郎にまかせておけば、自分が登兵衛のそばを離れているあいだに不慮の事態が起きても、冷静に対処してくれるはずだ。

「では、まいる」

直之進は階段を静かにおり、厠に向かった。裏口はすぐにわかった。

内田屋をあとにした直之進は路地を次々に抜け、先ほど歩いてきた丸山新道に顔だけをのぞかせた。すでに内田屋からは北に一町ほど離れている。

どこだ。どこにいる。

直之進は視線を走らせた。

いた。百姓の格好をして、斜向かいの路地にひそんでいる。距離はおよそ半町。

蔬菜が入った籠を担いでいる。あれならさして目立つことはないが、あんなところでなにもせずにたたずんでいるのは不自然だ。

尾行者は内田屋のほうにじっと目を向けている。

よし、やるぞ。直之進は丸山新道を渡り、向かいの路地に入りこんだ。

路地をまっすぐ進み、右に折れる。半町ばかり南に走って、ここだなと見当をつけた路地をのぞきこんだ。

ずばりだ。籠を背負った百姓が十間ほど先に立っている。

刀の鯉口を切る。斬る気はないが、もし抵抗された場合、峰打ちで叩き伏せたほうが手っ取りばやい。

足音もなく直之進は走り、男に近づいた。

よし、やれる。

確信したのと同時に、男がびくりとして振り向いた。だっと走りだす。

くそっ。気取られた。どうしてだ。

男はすでに籠を捨てている。丸山新道を北に走ってゆく。

このままでは内田屋から遠ざかるばかりだ。だが、登兵衛のそばには和四郎がついている。供の者もいる。

今は、男をとらえることに専心すべきだ。

直之進は追った。しかし男は足がはやい。

いや、はやいということではない。直之進が追いつきそうになると、また足をはやめて距離を置く、ということを繰り返している。

これはなんだ。

もう内田屋から五町は離れてしまった。すぐに戻れる距離ではない。

もしや。直之進は足をとめた。直之進がついてこないのを察した男が足をゆるめ、振り返る。

かすかな笑いを見せた。

その笑みを見て、直之進は慄然とした。まずい。

尾行者をおびき寄せたつもりが裏をかかれたのではないか。

直之進はきびすを返し、走りだした。

うしろに気配がした。振り向くと、さっきまで追いかけていた男が間近に迫っている。

匕首を手にしていた。

しかし、襲いかかってこようとはしない。こいつは、ただときを稼ごうとしているにすぎない。

匕首を持つ者が背後にいる。これだけで、直之進の走りは一気に内田屋へ向かう、というわけにはいかなくなる。

じれったさを抱きつつ直之進は走り、ようやく内田屋に着いた。

悲鳴がきこえてきた。よもや、とんでもない遣い手がいるのではあるまいな。

直之進は内田屋に駆けこもうとした。だがそのとき、背後で風を切る音をきいた。

男が匕首を振るってきたのだ。直之進はかわし、男の腕をつかもうとした。

だが、鰻のようにするりと抜けられた。妙に体がやわらかだ。

男は背中を見せた。自分の役目は終えたといわんばかりに走り去ってゆく。

直之進はやや息が荒くなっている程度だ。これなら十分に戦えるだろう。

的場屋、と思った。生きていてくれ。直之進は刀を抜いた。

一階では店の者が階段の下に寄り集まり、こわごわと二階を見あげていた。

「自身番に人を走らせろ」

直之進は叫ぶようにいって、階段をあがった。

二階座敷はひどいものだった。襖は一枚残らず破れ、倒れている。床の間の首長の壺は割れ、生けられていた花が散らばっている。その近くの畳は水に濡れていた。

おびただしい血も流されていた。人が二人、倒れている。すでに息がない。二人とも一撃で倒されていた。

登兵衛の姿がない。廊下のほうで剣戟の音がした。誰かの悲鳴がそれに続く。

「的場屋っ」

直之進は廊下に突進しながら、怒鳴るように呼んだ。

「こちらです」

和四郎の声だ。必死さがこめられている。

直之進は廊下に出た。別の間の襖が破れ、横になっている。人がその上に倒れ、痙攣している。登兵衛の供の一人だ。

直之進は部屋に入りこんだ。

登兵衛がいた。真っ青な顔をしている。生きていた。

登兵衛の盾になって和四郎がいる。道中差らしい得物を手にしている。いくつか傷を負っているが、命を奪うようなものではない。目は闘志にぎらぎらと輝いている。

ほかに供の者が二名いる。この二人は匕首を握っていた。

登兵衛を殺そうとしているのは、やせた侍だ。頭巾をしている。両肩の骨がとんがり、着物を峰のように持ちあげている。血塗られた刀はぬめりとした光を帯びている。

こいつが例の遣い手か。直之進は足を進ませ、対峙した。

来やがったか。意外にはやかったな。頭巾の口のところがそんなふうに動いた。

「勝負はいずれだ」

侍がいい捨て襖を蹴った。

侍が廊下に出る。直之進は行く手をさえぎろうとした。

侍が廊下を滑るように進み、刀を振りおろしてきた。直之進は弾きあげた。

激しく鉄が鳴り、腕がしびれた。

侍がさらに刀を振ってくる。直之進も負けじと応じた。

すっと侍がうしろに下がって、間合を取った。音をさせて侍が刀を握りかえた。殺気が体にみなぎる。

なにかをしようとしている。直之進は直感し、剣尖をかすかにあげた。

男が間合を一気に踏み越え、刀を振りおろしてきた。

受けたらまずい。そんな気がして直之進はぱっとうしろに跳んだ。

変な間合で刀が動いていき、目の前の大気を引き裂いた。

なんだ、今のは。

直之進が目をみはったのを見て、侍が刀を胴に振り抜く。

直之進は横に動いて避けた。道をあけてしまったことに気づく。

さえぎろうとしたが、そのときには侍は階段に足をかけていた。

直之進は追いかけようとしたが、侍が振り返って見つめているのに気づき、足をとめた。

「また会おう。楽しみにしているぞ」

侍が階段を飛びおりた。ひらりと羽を広げたような飛び方だ。どん、と大木でも突き立ったかのような音がした。

直之進が駆け寄って階段をのぞきこむと、侍はすでに一階にいた。店の者たちが右往左往しているなか、悠々と視野から消えていった。

追いかけても追いつけまい。直之進はあきらめ、登兵衛のもとに行った。

「無事か。怪我はないか」

「はい、ありがとうございます。なんともありません」

「すまぬ」

直之進は登兵衛と和四郎に謝った。

「しくじりだ。うかうかと誘いだされてしまった。二度とこのようなへまはせぬ」


くそっ。またもしくじった。

あと少しだった。

しかしあの用心棒、驚くほどの遣い手だ。きいていた通りだ。

必ず勝てるという自信があれば勝負を挑んでもよかったが、負ける怖れも四分ほどはあった。

だから、料亭を飛びだしたのだ。

あれだけの用心棒をつけるなど、的場屋も金に糸目はつけていない。

俺の秘剣を察し、避けるなどという芸当を見せた者など、これまで一人もいない。

だが、もっと広々としたところで一対一でやればどうだろうか。

周蔵は頭巾のなかでにやりと笑った。

俺の勝ちだ。

三

同じ頃、琢ノ介は富士太郎、珠吉とともに小石川諏訪町の諏訪社のそばにいた。

富士太郎は、寺社奉行の許しを得るのに半日かかりました、といったが、このくらいなら、まずまずはやいのではないだろうか。

「平川さん、では行きますか」

「ああ、行こう」

三人は鳥居をくぐった。祈願所にいる巫女を目指す。

「峰雄さんはいるかい」

琢ノ介は巫女にきいた。昨日の娘とはちがう巫女だ。

「はい、います。社務所です」

巫女がはきはきと答えた。なにかいい香りがしている。これが神に仕える者の香りだろうか、と琢ノ介は思った。

「社務所はどこだい」

「あちらです」

巫女の指したほうに、平屋だが立派な建物がある。琢ノ介たちは歩きだした。

「峰雄さんに会いたいんだが」

ちょうど社務所から出てきた神主がいた。

「あの、どちらさまでしょう」

「見ればわかるだろう」

琢ノ介は富士太郎を示した。

「町方のお方ですか」

「許しは寺社奉行さまより得ているよ。こいつがそうだよ」

富士太郎が懐から一枚の紙を取りだした。広げてみせる。

「ほら、寺社奉行の名と印判があるでしょう」

「はい、確かに」

「峰雄さんはなかですか」

富士太郎がきく。

神主の目が泳ぐ。

「おまえがそうか」

琢ノ介はいって、襟をつかんだ。

「なにをするんですか。放してください。人を呼びますよ」

「呼ぶなら呼べ。こちらは町方だ。人が来てもなんとも思わねえよ」

本殿の裏に、杉の大木がそそり立っている。その近くに峰雄を連れていった。

琢ノ介は富士太郎に目配せした。ここは尋問をもっぱらにする者にまかせたほうがいい。

「ききたいことがある」

富士太郎が声に厳しさをにじませていう。

「おまえさん、宇田屋さんを知っているね」

「宇田屋さん？　いいえ」

「とぼけるんじゃないよ」

富士太郎の声に凄みが加わる。

「い、いえ、とぼけてなどいません」

「すぐ近くの米屋だよ。知っているね」

「は、はい」

「おまえさん、おととい宇田屋の主人と会ったね。謹之助だよ」

「どうでしたかね」

「とぼけるんじゃないよ、といったよ」

「は、はい、すみません。会いました」

富士太郎は懐から十手を取りだし、峰雄に突きつけた。

「おまえさん、おいらが町方だからって高をくくっているのかもしれないけど、このまま大番屋に連れてゆくこともできるんだよ。むしろ、そっちのほうがおいらには都合がいいんだけどね。いくらでもいたぶることができるから」

琢ノ介は大番屋に行ったことがないから、そこがどういうつくりになっているか知らないが、町の者が閻魔のように怖れているのは、昨日の謹之助を見ていてもよくわかる。

峰雄も震えあがった。

「なんでも話しますから、大番屋は勘弁してください」

「その殊勝な言葉が本当だったら大丈夫だよ。――よし、じゃああらためてきくよ。謹之助と会って、なにかを手渡されたね。それはなんだい」

「文です」

「どんな文だった」

「中身は見ていません」

「そうかい。文を受け取って、それからどうしたんだい」

「箱に入れました」

「箱？　どこの」

「こちらです」

峰雄が杉の大木を指さした。

「反対側です」

琢ノ介たちはまわりこんだ。

背伸びをすれば手が届く枝に、鳥の巣箱のような箱が縛りつけてある。

「入れてどうしたんだい」

「それだけです。誰かが取りに来るんです」

富士太郎が箱を見つめる。

「誰か、というのは誰なんだい」

「知りません」

「またとぼけようっていうのかい」

「本当に知らないんです」

「そうかい、まあ、信じてやるよ」

富士太郎が小さな笑みを見せた。峰雄が安堵した顔つきになる。

こういう呼吸は見事だな、と琢ノ介は思った。硬軟をまじえての尋問だが、富士太郎のやつ、いつこんな技を身につけたのだろう。

いや、もともと身についていたのかもしれない。同心の血がなせる業なのだろう。

「つまりおまえさんは仲介しているだけということだね。どういういきさつで、仲介するようになったんだい」

「一年ほど前、商人然とした男がやってきたんです。これは内密にしてほしいんですけど、その男は手前がとある女郎にどっぷりはまっていることを知っていたんです」

「それで受けたんだね。金かい」

「はずむといわれました。年に二十両」

「そいつは悪くないね。いや、それだけもらえれば十分だね。ははーん、昨日の私用というのはその女郎だね」

富士太郎が琢ノ介を見た。

琢ノ介は、悦之進から預かってきた人相書を取りだした。五年前、中西悦之進の父君之進を罠にかけた米屋の柳田屋吉五兵衛だ。

受け取った富士太郎が峰雄に見せる。

「この男に心当たりはないかい」

峰雄はじっと見ている。

「おまえさんを訪ねてきた商人然とした男がそうじゃあないかい」

峰雄は首を振った。

「ちがいますね。来た人はこんなにやせてはいませんでした。もっとでっぷりと太ってましたよ」

「もっとでっぷりしている」

つぶやいて富士太郎が考えこんでいる。

「どうしました」

珠吉がきく。

「いや、この人相書の男に最近、会ったような気がするんだよ」

「本当か。富士太郎、思いだせ」

「がんばっているんですけど……」

「あっしにも見せてください」

珠吉がじっと目を凝らす。

「わかりませんねえ」

「目の感じだと思うんだよね」

しかし出てこなかった。富士太郎が気持ちを立て直すようにきく。

「文を預かることになっているのは宇田屋だけかい」

「そうです。あの店だけです」

用心深いな、と琢ノ介は思った。おそらくこういう者があと何人かいるのだろう。

たとえ峰雄のところまで来られても、そこでばっさり切れるようになっているのだ。

その後、杉の木の箱を反対に向け、琢ノ介たちは張った。

夜の四つ近くまで張ったが、結局誰もあらわれなかった。

「疲れたな」

琢ノ介は富士太郎と珠吉を尊敬の眼差しで見た。

「二人とも平気な顔、してるな」

「これが商売ですからねえ。今夜も張ってみますよ」

「たいしたもんだな」

琢ノ介はほめてから、人相書を指で叩いた。

「富士太郎、この男にどこで会ったのか、きっと思いだしてくれよ」

四

利八の仇を討つためにどうするか。

利八のあとをたどる。それしかない。

千勢が店の前を掃除しようとしたとき、利八は一人出てゆき、その後、死骸で見つかったのだ。

あの日、どこに向かったのか。

それをたどることができれば、きっと犯人のもとに行き着けるだろう。

あの日、利八の身なりはいつもよりいい物だった。常に上等な着物を身につけていたが、あの日はもっとしっかりしていた。

大事な人と会うような雰囲気だった。お客と会おうとしていたのだろうか。

それなら店の者を連れていきそうだ。

客の筋ではないのだ。

となると、やはり気にしていた安い米の関係なのではないか。

伯耆屋のことが気になる。あの米屋が絡んでいるのではないか。それにあの日、利八は東に向かった。巣鴨仲町にある伯耆屋が行き先ではなかったのか。

鷹之助に問いただしたい。胸ぐらをつかんで揺さぶりたい。

だが、自分にそんな荒事はできない。

やれることを地道にやってゆくしかない。

料永がいつ店をあけるか、その目処はまだついていない。

それに、お咲希のことがとても気になる。あの悲しげな顔。慰めてあげたい。

だが、今は利八のことだった。お咲希の顔に明るさを取り戻すためにも、利八のことをこのままにはしておけない。

千勢は懐に短刀を呑み、描き終えたばかりの利八の人相書をしまい入れた。もともと絵は子供の頃から得意だ。

故郷の沼里を出るきっかけとなった佐之助の人相書も、今思えばそっくりだった。

ただ、利八の人相書はときがかかった。描いている最中、どうしても利八のことを思いだし、感情が高ぶってしまうのだ。涙が出て仕方なかった。

よし、行こう。

千勢は長屋を出た。路地に朝日が射しこんできている。雲一つない青空が広がっている。

これが吉兆のように感じられた。よし、きっとうまくいく。

井戸端に集まっている女房衆におはようございます、といってから千勢は歩きだした。

「おはよう、お出かけ？」

「行ってらっしゃい」

「気をつけてね」

そんな声がかかる。長屋の人たちはいつも親切だ。

千勢は木戸を出た。佐之助はそばにいるのか。気配は感じないが、感じさせないだけだろう、と信じた。

佐之助が近くにいてくれるだけで、千勢は大きな安心を手にすることができる。

どこに行くか、昨夜すでに考えたことだが、千勢は歩きながら、この考えでまちがいがないか、あらためて確かめようとした。

利八は神田川に架かる昌平橋のそばで水死していた、という。

とにかく、そこに行ってみるつもりだった。きっと利八が目にした風景を見れば、なにかいい考えも浮かんでくるにちがいない。

さすがに神田だけあって、人は多い。おねえさん、一人かい、と声をかけてくる男もかなりいる。それらを無視して、千勢は昌平橋に立った。

神田川の流れを見つめる。穏やかで流れているようには見えない。

ここで死んでいたのか、と思ったら涙が出てきた。

「おい、ねえさん、なに泣いてんだ。まさか身投げするつもりじゃねえだろうな」

また若い男が声をかけてきた。うっとうしかった。

なにもいわずにいると、ちっ、と舌打ちして男は雑踏に消えていった。

千勢は涙がとまるのを待った。それから再び流れに視線をやった。

行きかう舟は多い。荷を満載している舟、人を乗せている舟、どこかに帰るのか船足のはやい空《から》の荷船。

旦那さまは、と千勢は思った。舟をつかったのではないか。だからこんなところまでやってきたのではないか。

千勢は、舟に乗った利八を脳裏に思い描いた。

舟に揺られて、どこに向かったのか。

大川の向こうか。

そうかもしれない。そうだとして、舟はどこから出たのか。ここで亡くなっていたということは、あの河岸からあがったところを殺られてしまったのだろうか。

眼下の右手に河岸が見えている。

千勢は足を運んでみた。

荷を積んだ舟が着き、荷をおろし終えた舟が離れてゆく。人足たちが忙しそうに立ち働いている。

声をかけられるような状態ではない。千勢は気圧されるものを感じ、あとずさった。

こんなことではいけないと思うが、声が出そうにない。

舟がここから出たとして、どこの舟なのか。

江戸の者は舟をよくつかう。その場合、あてにするのは船宿だろう。船宿は何艘かの舟を所有しているところが多い。

よし、船宿を当たってみよう。

船宿は神田川沿いにもかなりある。川向こうの深川、本所のほうにも多いときく。

とりあえず、目の前に見えている船宿から当たることにした。

一軒一軒訪いを入れては、利八の人相書を見せてゆく。

だが、どの船宿からも同じ答えしか得られなかった。

存じませんねえ。

千勢は神田川沿いを歩いて、結局、神田川が注ぐ大川まで出てしまった。近くに大きな橋が見えている。江戸に出てまだそんなに日がたっていないことに加え、見物してまわったことがないから、なんという橋かわからない。そばを通った人に橋の名をたずねたら、両国橋さ、といわれた。

あれが両国橋か、と千勢は思った。昔は大川が武蔵と下総の国境《くにざかい》になっていたことから、そういう呼び名になったときいている。

大川の向こうは本所のはずだ。向こう岸をまずは当たることにした。

千勢は両国橋を渡り、両国広小路に出た。

町屋にはさまれた細い参道の向こうに、回向院が見えている。

振袖火事と呼ばれる明暦の大火で亡くなった人たちを、供養するために建てられた寺だ。ほかにも身元不明の無縁仏などを葬ることから、無縁寺の呼び名もあるときく。

まず竪川沿いの本所相生町の船宿を当たりはじめた。ずらりと並んでいて、気が遠くなりそうだが、かたまってくれていると思えばむしろ調べる側としては楽なものだ、と考えることにした。

日が暮れてきた。千勢は空腹に気づいた。

そういえば、今日は長屋で朝餉を食べて以来、なにも腹に入れていない。喉も渇いた。

しかし、自分が探索に気持ちを精一杯傾けていたことがわかり、そのことには充実したものを覚えた。

いや、なにもつかめていないのだ。喜んでなどいられない、と心を引き締める。

「腹は空いてないのか」

いきなり声がかかった。今日一日いろんな男に声をかけられたが、響きからしてそれらの男とはちがった。

やっぱりそばにいてくれた。

「空いてません」

佐之助が渋い顔で腕を組んでいる。

「食べなきゃ、体に毒だぞ」

「長屋に戻って食べます。あなたは食べたのですか」

「いや」

ずっとそばについていてくれたのなら、当然だろう。

「おまえさん、江戸に船宿がいくつあるのか、知っているのか」

「知りません」

「無駄だぞ、こんなこと」

「無駄なんてこと、決してありません」

千勢はめげることなく、利八の人相書を手にさらに船宿を当たった。夜のとばりが完全におりきっても、やめなかった。

脳裏に、常にお咲希の顔がある。やめてたまるものですか。

だが結局、初日はなにも得られなかった。疲れが残ったが、明日はきっとなにか得られるのではないか。

千勢は湯屋に行って汗を流した。さっぱりして長屋に戻り、夕餉にした。

朝炊いた飯がある。それに梅干しにたくあんという、献立とは呼べないほどのものだ。

佐之助がこの店にいたときがなつかしく思いだされた。いろんなものをつくろうと気持ちが浮き立ったものだ。

またあの気持ちを取り戻したいな。千勢はかすかにあいた窓から外を眺めて、思った。

あの疲れっぷりでは、と佐之助は考えた。千勢はもう外出しないだろう。湯屋にも行って体もあったまっている。赤子のように寝入ってしまうはずだ。長屋の近くを見まわってみたが、怪しい気配はない。千勢を見張っている者はいないと考えてよさそうだ。

仕方がねえな。

ここは千勢の力になってやるしか道はない。

それにはどうすればいいか。

千勢が首を突っこんでいる以上、佐之助は利八の事件を調べないわけにはいかなかった。

安売りの米。これが鍵だ。

となると、料永の新たな仕入れ先となった米屋か。

伯耆屋が巣鴨仲町にあるのは知っている。ここからすぐだ。

伯耆屋は閉まっていた。かなり大きな家だ。よほど儲けていると見える。

佐之助は、家族が住んでいるほうにまわった。

高い塀がめぐらしてあるが、まだ雨戸は締められていない。

まわりに人けがないのを確かめて、佐之助は塀を越えた。すっと庭におり立つ。

濡縁からなかに入りこみ、廊下を歩いた。店のほうを目指す。あるじは、今日一日の売上の集計でもしているのではあるまいか。

この家の女房らしい女が廊下を歩いてきたが、すっと障子をあけて無人の部屋に隠れた。女は気づかずに通りすぎた。

佐之助は店側にやってきた。ろうそくを一つ灯して、三人の男が算盤を弾いている。

このうちの誰かがあるじだ。

佐之助は一番端の男の背後に立った。おい、と声をかける。

男がびくりとして振り向いた。他の二人も同じだ。

「あるじは誰だ」

「だ、誰だい、あんたは」

「殺し屋だ」

「ええっ」

三人はひっくり返りそうになった。

「殺しに来たわけではない。話をききに来た。あるじは？」

できるだけ穏やかにいったが、三人は怖れをなし、逃げだそうとした。

佐之助は三人の前に立ちはだかり、一人をつかまえて自分のほうへ向かせた。

「誰だときいているんだ」

「こ、こちらです」

まんなかで算盤を弾いていた男を指さす。

佐之助は奉公人の二人を手刀で打った。首筋を打たれた二人は気絶し、水を吸った雑巾のようにぐにゃりと倒れた。

恐怖を顔に貼りつけたあるじがあとじさる。壁に突き当たると、この世の終わりのような表情になった。

「ききたいことがある」

あるじは壁づたいに動いている。

「だ、誰か来てくれ」

「静かにしろ。本当に殺すぞ」

「は、はい」

あるじはぴたりと動きをとめ、口を閉じた。

「おまえ、名はなんという」

あるじは口のきき方を忘れてしまったかのように、唇を引き結んでいる。

「どうした」

「た、た、鷹之助です」

「よし、鷹之助。おまえ、どうして安売りの米を売っている」

「お客さまが喜ぶからです」

佐之助は鷹之助の腹に拳を入れた。肉が潰れるような鈍い音がし、鷹之助は腰を折って激しく咳こんだ。

「次は加減はせんぞ」

鷹之助は苦痛にゆがんだままの顔をあげた。

「本音をいえ」

「も、儲かるからです」

「その調子だ。どこから仕入れている」

「信濃屋という店です」

「どこにある」

「知りません」

佐之助が拳を見せつけると、鷹之助はあわてて続けた。

「ほ、本当なんです。手前は信濃屋のあるじの茂助さんと何度か会ったことがあるだけで、本当に店がどこにあるか知らないんです」

嘘はいっていないように感じた。

「どうやって取引をはじめた」

「二ヶ月ほど前、茂助さんが来たんです。伯耆屋さんはこのあたりでは一番大きい、取引をはじめませんか、と」

「安いから乗ったのか」

「米の味見もしました。どうしてこれだけの米がこんなに安く入るのかわかりませんでしたが、うちにとって悪い取引ではないので、二つ返事で……」

「茂助というのはどんな男だ」

「輪郭は下ぶくれです。目が細くて、いつもにこにこと笑みを浮かべています。とても穏やかで、いかにも大店の主人という感じです。着ている物も上等で、物腰もやわらかです」

絵に描いたような商人だな、と佐之助は思った。しかしそういう者に、腹黒いやつは少なくない。

「荷はいつ来る」

「月に二度、米俵を山のように積みあげた大八車が」

「最後に来たのは？」

「十日前です。ですから、あと五日はこないことに」

佐之助は少し考えた。

「ほかに知っていることは？」

「いえ、ありません」

目が泳いだ。

また腹に拳を見舞った。鷹之助は腹のものをもどしそうな声をあげた。

「しらばっくれるな」

「す、すみません。もう嘘は決して申しませんから、殴るのだけはどうかやめてください」

「心がけ次第だ」

「――近くの住職です。建幅寺《けんふくじ》というお寺の」

鷹之助が苦しげな顔をあげる。

「安い米のことを訪ねてきた者がいたら、そのことを記した文を住職に届けるんです」

「するとどうなる」

「知りません。本当です」

「だがどういう仕組か、見当はつくだろう」

「は、はい。住職からつなぎがいって、口封じをされるのではないかと思います」

「その通りだろうな。寺はどこだ」

鷹之助が道順を説明する。

「住職の名は？」

「然道《ぜんどう》和尚です」

ほかになにかきくべきことはあるか、頭のなかを探る。思いつかなかった。

佐之助は手刀で鷹之助の首を打った。鷹之助は気を失い、畳の上に横になった。

伯耆屋を出た佐之助は建幅寺に向かった。

西に行くと、どこぞの大名家のものらしい広大な屋敷があった。田畑をはさんだその隣にこぢんまりとした寺があった。

佐之助は山門に掲げられた扁額を確かめた。

低い土塀を越え、境内に入りこむ。庫裏《くり》に忍びこみ、住職の然道を捜した。

一人、酒を飲んでいた。

いきなり佐之助が姿をあらわすと、大仰に驚いたが、すぐに害意がないのを見て取って平静に戻った。意外に腹が据わっているようだ。

最初はしらばっくれてなにも話さなかった。だが佐之助が本気で脅すと、住職は尻をうしろに引いて眉をひそめた。

「おまえさん、本気で殺す気じゃの」

本堂裏の松の大木に箱がかけてあり、そこに文を入れておくのだという。

年に二十両という金で頼まれただけで、依頼してきた者が誰か、然道は知らなかった。

結局、ここで手がかりは切れた。

思わず舌打ちが出た。

千勢の役に立てなかったか……。

五

あの男。強かった。

的場屋登兵衛の警護についているために直之進は夜はほとんど寝ていないが、実をいえば眠気もない。

強い敵の出現に、正直、心躍るものがある。あの侍はいったい何者なのか。

そして、あのときどんな剣をつかおうとしたのか。

妙な間合だった。振りおろされた刀が、どういうわけかおくれてきたように見えた。

なにかおかしい。

あのまま受けていたら、どうなっていたのか。

わからない。わからないが、今頃殺られていたのではないか、という気がしないでもない。

しかし手をこまねいてはいられない。またあの侍は登兵衛を襲ってくるだろう。あの剣を打ち破らなければならない。

直之進は雨戸をあけた。月があり、小さな庭を穏やかに照らしている。

どこか、米田屋の裏庭を思わせるところがある。なつかしい。米田屋の面々に会いたかった。

この仕事が終わったら、一番最初に会いに行こう。飯も食わせてもらおう。酒も飲ませてもらおう。

直之進は裸足で庭におり、腰に帯びた刀を引き抜いた。

刀身に月が映る。主君の又太郎からいただいた刀。

いつ見てもため息が出る出来だ。刀身に冴えはあるが冷たさはほとんどなく、むしろ刀工の人柄が出ているようなあたたかみさえ覚える。

そのあたりを又太郎も感じ取り、直之進のために選んでくれたのではないか。

正眼に構えた。そのまま微動だにしない。

あの侍の姿を思い描き、目の前に据える。頭巾からのぞく鋭い目、骨張った肩。竹のようにやせていた。背丈は五尺七寸ほどはあったのではないか。

あのやせ方からして力があるようには思えなかったが、斬撃には鉛が刀身にこめられたような重さがあった。

しかし重さはいい。それはなんとでもなる。

厄介なのは、やつが遣おうとした刀法だ。

しばらく目を閉じていた。

頭のなかで、あの刀法を思いだす。

静かに目を見ひらいた。あの侍が眼前にあらわれている。

刀を構え、目の前に自然に立っている。

その隙のなさが、佐之助を思い起こさせた。佐之助と戦う前も、こうして幻と対峙した。なんとなくなつかしい。

直之進は侍を見つめた。

目に正気の色はない。どこかうつろで、定まっていないところがある。その感じが、どことなくあの刀法に重なるように思える。

さて、どうすればいい。

こうして立っているだけでは、破る手立ては見つからないだろう。とにかくぶつかってゆくしかない。

息を長く吐きだした直之進は間合をつめ、侍に向かって刀を振りおろした。

同時に侍も刀を繰りだしてきた。

直之進は刀を合わせるや、体を沈めざまに胴に払った。侍はかわし、袈裟に振りおろしてきた。

直之進はこれを弾きあげた。侍の脇がかすかにあがる。そこに刀を振りおろした。

だが侍は難なくよけた。右にまわって下から薙いできた。

直之進は受けとめ、腕をねじりあげるようにして刀を立てた。鍔迫り合いになる。

目の前にあの侍の顔がある。魂をどこかに置き忘れたような、人として定まっていないところが見える。

こういう人間だから、あんな妙な剣を生みだせたのか。

生みだしたのではなく、どこかの道場で受け継いだのか。

ちがう。もとになるものはあったのかもしれないが、あの剣はあの侍が独自に工夫を加えたものだろう。あの侍だけが遣い得るものなのだ。

直之進は押した。侍のほうがなにもあらがうことなく、うしろに下がる。

直之進はつけこもうとした。だが、下がり際に侍が刀を袈裟に振りおろしてきた。

これだ。腕が振られる。直之進には侍の刀がはっきり見えた。

しかし、その腕の動きに刀がついてきていない。間合がずれた。直之進はあわてて下がった。刀はゆるやかに目の前を通りすぎてゆく。刀がおくれて出てくることになんの意味があるのか。わからない。だが、もしあとじさっていなかったら、真っ二つにされていた気がする。

なんだろう。

もう一度、対峙する。

二度三度と剣をまじえる。また妙な斬撃がきた。今度は逆胴だ。これも直之進は避けたが、やはりどういうことかはわからない。それから何度か対決を繰り返したが、侍の狙いがどういうものなのか、見えてこない。

このままでは、と直之進は思った。次に対戦したときは殺られてしまうのではないか。

死にたくはない。なんとかしなければならない。

もう一度、刀を構えた。

むっ。どうしてか佐之助に替わっていた。

かまうことはない。直之進は斬りかかった。

何合かやり合ったが、やはり斬れない。疲れを覚えた。

背後に人の気配を感じた。殺気はなく、穏やかなものが漂っている。

直之進はゆっくりと振り向いた。

和四郎が濡縁に立っている。

「起こしてしまったか」

「もともと寝ちゃいませんよ」

和四郎は刀を手にしている。脇差などではない。侍が持つ刀だ。

「その刀は？」

「手前のです」

「おぬし、やはり侍か」

「そのことはもうおききになったのでは？」

「そうだった。町人の格好は楽しいか」

「それなりに。生まれ変わった気分ですよ。堅苦しい侍暮らしより、今のほうがよほど楽に息ができます」

その感じは直之進にもわかる。

「今日はすまなんだ。的場屋を守ってくれて助かった」

「お礼をいわれるほどのことじゃありません。手前は家臣ですから、当然のことをしたまでです。それに、湯瀬さまはああなることを怖れ、手前をあるじの警護につかせた。それが功を奏したのです。――湯瀬さま、手前の相手をしていただけませんか」

和四郎が刀を突きだすようにいう。

「真剣でか」

「竹刀があります」

「よかろう」

直之進は竹刀を構え、和四郎と向き合った。

あの侍の攻撃をなんとかはねのけただけのことはあり、なかなか遣えるのがわかった。

しかし直之進は余裕があった。

和四郎が月光のもと、苦笑する。

「完全に見くだされていますね」

「そうかな」

「自信満々という顔をされてますよ」

「そうでもなかろう」

直之進のほうから突っかかっていった。竹刀を振りおろす。

和四郎が受ける。直之進は胴に振り、逆胴に返した。

これも和四郎は弾き返してきた。さすがに守りはかたい。

これを崩すのは容易でないのが知れた。我慢強い剣なのだ。

しかし石垣のようにかたい守りを突き崩してみたくなり、直之進は攻勢に出た。

めまぐるしく竹刀を振った。必死に打ち返し続けているが、わずかずつ和四郎の腕がおくれてきた。

左の脇に隙ができた。つくられた隙ではない。必死の表情の和四郎は、そこに隙ができていることに気づいていない。

直之進は胴に打ちこむと見せて、竹刀をくるりとまわし、面に叩きこんだ。

隙ができていたために、和四郎の竹刀は直之進の返しに間に合わず、まともに竹刀を食らいそうになった。

直之進はぎりぎりでとめた。和四郎は目をつむっている。

息を継ぎ、それから目をあけた。

「さすがに強い。あの男より上ですよ。お世辞じゃありません」

あの秘剣を抜きにしてやり合うのなら、おそらくその通りだろう。

「自信なげですね」

直之進は微笑した。

「もともとそういう顔なんだ」

今の稽古であの侍を討つきっかけをつかみたかったが、手にしたものはなにもなかった。

六

翌日も千勢は朝はやく起きだし、長屋を出た。

疲れはない。気分が高揚しているせいだろう。利八の仇を討てないまでも、今日こそ手がかりをきっとつかんでやろう、という気でいる。

雨が降りそうな天気だ。低く垂れこめた雲は雨をたっぷりはらんでいる袋のようにも見え、今すぐにでも底が破れそうだった。

できれば長屋に帰ってくるまでもってほしかったが、望み薄かもしれない。千勢は傘を持っていない。もともと高価なこともあるが、武家の出だけに傘を持つ習慣がないのだ。

雨が降ったら濡れればいい。風は生ぬるく、そんなに気温は下がりそうにない。これならずぶ濡れになったとしても、風邪を引きはしないだろう。

千勢はまた両国橋を渡り、本所に来た。利八の人相書を手に、再び船宿を当りはじめる。もし本所が駄目なら、深川も当たるつもりでいる。

利八がつかった船宿を見つけだすまで、あきらめるつもりなどなかった。

ただ、午前も午後も疲れきるだけのときがすぎていった。

今はただ、お咲希のため、という一念で動いている。

そうなのだ。これは自分のためではない。人のために働く、というのが千勢には心地よく感じられた。気持ちのよい汗が流れてゆく。

喉が渇き、茶店に入った。茶を飲み、饅頭を口にした。

甘い饅頭ではないが、あんこのかすかな甘みが感じ取れた。こんなにおいしい饅頭ははじめて食べたような気がする。

これも人のために動きまわったからこそ、味わえるものだろう。

茶をゆっくりと喫した。私は、と思った。今までなんて自分勝手だったのだろう。

人の気持ちなど一切考えず、ただ思うように動いてきた。直之進の気持ちも踏みにじったにちがいない。

すまなかった、と心から思う。今さら謝ったところでどうなるものではないが、一度、頭を下げたほうがいいかもしれない。

あの人のことだから、と千勢は穏やかな気持ちで考えた。私がそんなことをしたら、きっと面食らうにちがいない。

でも、今は謝りたい気持ちで一杯だ。

「ありがとう、とてもおいしかったわ」

代を支払うとき、千勢は茶店の小女に礼をいった。

「どういたしまして。またおいでください」

この娘も、人に喜んでもらおうと働いているからこんなに明るい笑顔ができるのだ。

元気を与えられた。これなら、きっと利八が寄ったはずの船宿もわかる。

千勢は足取り軽く、また船宿を当たりはじめた。

だが、そうはうまくいかなかった。

雨は降らなかった。だが雲は垂れこめたままで、まだ夕刻には間があるはずなのに、町は暗くなってきた。

また今日も駄目か。引きあげなければならないのかな。

千勢はあきらめかけた。

そのとき雲が急に切れ、そこから日が射しこんだ。町が色づけでもされたように明るくなった。風があるわけでもないのに雲は次々に流れ去り、青空が広くなってゆく。それにつれて町も明るくなってゆく。

大気が澄み渡り、鮮やかだ。夕日が照らす町並みはどこもかしこも橙色で、まるで紅葉の時季のようだ。

僥倖の前触れなのでは、と千勢は考えた。きっといいことがある。そう信じて動くことにした。

今いるのがなんという町か知らなかったが、少なくともこの町のすべての船宿を当たってから帰ろう、と決意した。

何軒あるかわからなかったが、ひたすら船宿の看板を目当てに訪ね歩いた。

やはりなにも得られない。僥倖なんかではなかったのかな、と思った。

ふと少し離れたところに船宿があるのに気づいた。その宿も竪川沿いだ。なんとなく、この店からいいことがきけそうな予感を抱いた。

千勢は大きな期待を持って、その船宿に入った。人相書を女将や奉公人、船頭に見せたが、利八のことを知っている者はいなかった。

期待が大きかっただけに、落胆もまた大きかった。がくりと肩を落として、千勢は外に出た。

ちょうど入れ替わりに船宿に入ろうとしている男たちがいた。三人組だ。

「おや」

すれちがいざま、一人が口にした。

「お登勢さんじゃないのかい」

千勢はその男を見つめた。見覚えがある。料永によく来てくれる人だ。名は確か――。

「ああ、喜多兵衛《きたべえ》さん」

「よく覚えていてくれたね。お登勢さん、こんなところでなにしてるんだい」

「うちの旦那さまのことはご存じですか」

「亡くなったそうだね。葬儀には行けなかったんだ。さんざん料永には世話になっていたのに、不義理をしたよ。いずれ線香をあげに行くつもりだ」

「喜多兵衛さん、こちらにはよく？」

「よくというわけじゃないな」

喜多兵衛は連れの二人を先に行かせた。すぐ行くから待っててくれよ。

「私、旦那さまの死の真相をどうしても明かしたいんです。それで旦那さまが亡くなった日に、どこにいらしていたのか、なにをされていたのか、調べているんです」

「利八さん、船宿にいたのかい」

「わかりません。私の勘です」

「ああ、そう」

不意に喜多兵衛が顎に手を当て、考えはじめた。

「そういえば、利八さんが亡くなった日に、利八さんと会った男がいるよ」

千勢はうれしさで飛びあがりそうだった。

「会ったのはどこですか」

どきどきする胸を押さえて、きく。

「船宿で、といっていたよ」

「本当ですか」

「うん、まちがいないと思う」

「その人、紹介していただけますか」

「ああ、もちろんだよ。この近くに住んでいるはずだから」

男は辰吉《たつきち》といい、竪川の向こう岸の本所緑町一丁目に住んでいた。かなり立派な一軒家だ。

「ああ、お登勢さんだったね」

辰吉はなつかしがってくれた。

「前はよく料永には行っていたけど、こっちに引っ越してきちゃったからね、どうしても足が遠ざかってさ」

濡縁に座って、辰吉がいう。女房が茶を持ってきてくれた。少しきつい目で千勢をにらんでいった。

千勢は利八のことをきいた。

「ああ、あの日ね、確かに利八さんに会っているよ。なつかしかったな。翌日、死骸で見つかった、という話をきいて、腰を抜かすほど驚いたよ」

そこまで覚えているのなら、日にまちがいはないだろう。

「旦那さまをどこで見たのです」

「おいらは釣りの帰りだったんだけど、利八さんはある船宿に入ってゆくところだったな。おいらから話しかけたよ」

「どこの船宿ですか」

「新右衛門町の滝川屋《たきがわや》という船宿だよ」

「新右衛門町というのは、どこにあるんですか」

「ああ、すぐ近くだよ。向こう岸だけどね」

場所をていねいに教えてくれた。

「そのことを御番所の者に？」

「いや、話してないよ。だってそんなに大事なこととは思えないし、御番所の者は来なかったからね」

千勢は辰吉に礼をいって、滝川屋という船宿に向かった。

おそらく、と思った。その滝川屋で利八は誰かと会ったのだろう。その誰かが、利八の死に深く関わっている。

すっかり暗くなり、千勢は懐から取りだした小田原提灯に火をつけた。頼りない光でも、少しずつ夜の壁を突き崩してくれる。今の自分に似ている。

滝川屋はすぐに見つかった。心躍らせて店の者に話をきいたが、利八のことは覚えていなかった。

「この人です。よく見ていただけませんか」

千勢は懇願した。

「よく見ているんですけどね、このお方は知りませんねえ」

女将らしい女がいった。一応、ほかの奉公人にもきいてくれたが、答えは同じだった。

千勢は滝川屋を出た。悔しくてならない。せっかくここまで調べたのに切れてしまった。

道に出た。歩きだそうとして、とどまる。もう一度きいてみようか。でもどうせ同じだ。しかし、負けを認めるようで立ち去るのもいやだった。

目の前に人影が立った。

佐之助は千勢を凝視している。

「人相書をよこせ」

千勢の手は自然に動いていた。

「待ってろ」

すっと動いて、佐之助が滝川屋の暖簾を払った。

いったいなにをする気なのか。千勢は、ただ見守るしかなかった。


入口を入った。

土間には誰もいない。佐之助は勝手にあがりこんだ。

入口そばの部屋で、一人の女が文机の前に座りこみ、人名が記された帳面を見ていた。予約帳かもしれない。

「おい」

部屋に入りこんで、佐之助は声をかけた。

女将が驚く。

「どちらさまですか」

「名などいい。ききたいことがある」

「な、なんですか」

女将はおびえ、尻であとじさる。

「この人相書の男だ。本当は覚えているんだろ」

佐之助は女将に見せつけるようにした。

「いえ、存じません」

佐之助は全身に殺気をみなぎらせて女将を見据えた。

「いわぬと殺す」

女将は顎をがくがくさせはじめた。

「は、はい、こ、この前、いらっしゃったお客さまです」

「よし。誰と会っていた」

「は、はい、信濃屋さんです」

「信濃屋のあるじだな。得意客か」

「はい」

「名はなんという」

「茂助さんです」

「店はどこにある」

「存じません」

佐之助はじっと見た。

「本当です。本当に知らないんです」

「よし、信じよう。だが俺は嘘は許さん。もし嘘だとわかったら、殺しに来る。

嘘でないのはわかっているな」

女将は染められたように顔を青くしている。

佐之助は人相書をしまい入れた。

「この男のこと、信濃屋に口どめされていたのか」

「は、はい」

佐之助はふっと笑った。

「金だろ」

女将は一瞬、口を動かしかけた。否定しようとしたのかもしれないが、嘘は許さん、との言葉を思いだしたようだ。

「はい……」

その声をきいて、佐之助は外に出ようとした。

「女将さん、どうかしたんですか」

奉公人らしい若い男が入ってきて、佐之助を咎める目で見た。

「誰だい、あんた」

「女将に話をきいていた」

「女将さんになにをした」

「なにも」

「益蔵《ますぞう》、おやめ」

女将が奉公人を制する。

「でも――」

「いいから」

佐之助は女将に笑いかけた。

「賢明だな」

外に出た。千勢が待っている。

「利八と会っていたのは、信濃屋茂助という男だ」

千勢が目をみはる。

「どうしてわかったんですか」

佐之助は薄く笑ってみせた。

「わかるだろう」

「殺してはいませんね」

「当然だ。傷一つつけていない」

「信濃屋の場所は？」

「女将は知らなかった」

「信濃屋から仕入れている米屋さんなら知っているでしょうか」

「どうかな」

「伯耆屋という米屋があるんです」

「ああ、昨日行った」

「えっ」

「話をきいたんだ」

痛めつけたことはいわなかった。

「殺された日、旦那さん、お店から東に向かったんです。伯耆屋に行ったんじゃないか、と思うのですが、伯耆屋のあるじは来ていません、としかいいません。でも、本当にあの言葉を信じていいのかどうか」

佐之助は今の千勢の言葉を吟味した。

「死んだ日、利八は伯耆屋に会っているかもしれんのか。となると、ここ滝川屋に利八を連れてきたのは、あの鷹之助というあるじかもしれんな」

そうか、と佐之助は思った。鷹之助が利八を信濃屋茂助に会わせる段取りをつけたのだろう。

ということは、鷹之助は信濃屋の場所を知っている。

あの野郎、とぼけやがって。

佐之助は顔をあげて、千勢を見つめた。

「行くぞ」

七

空が白んできて、鳥が飛びまわりはじめた。そのうちの数羽が地面におり立ち、なにかをついばんでいる。

こりゃあ来ないね。

富士太郎は、小石川諏訪町にある諏訪社での張りこみをあきらめかけている。もう一昼夜、境内の建物に籠っているのに、杉の大木には誰も近づいてこないのだ。

さとられたのかもしれないね。

諏訪社は、総勢二十名ばかりで張ることになったのだ。

大仰すぎたのかもしれない。これだけの人数がいれば、気配を察する者はいくらでもいるだろう。

「珠吉、もう無理だね」

富士太郎はささやきかけた。

「そうみたいですねえ」

「引きあげを進言してくるよ」

張りこみの指揮をとっているのは、古株の同心だ。富士太郎より三十は年上で、名は井河予兵衛《いかわよへえ》。

予兵衛も富士太郎と同じ思いだったようで、すぐに同意を示した。

「うむ、ばれているようだな」

富士太郎たちは引きあげはじめた。

「やれやれだったね」

話しかけて珠吉の顔色を見た。ずっと寝ていないのに、疲労の色はさして濃くない。

たいしたもんだね。これならおいらのほうがよほど疲れた顔、してるだろうね。

「まあ、こういうのはよくあるこってすよ」

「そうなんだけど、やっぱりくたびれるねえ」

「旦那、疲れましたかい」

珠吉の顔には気づかう色がある。

「いや、大丈夫だよ。おいらは若いもの。でも珠吉もたいしたもんだねえ」

「あっしはもう慣れてますから。もうこの仕事をはじめて、四十年以上になりますからね。徹夜なんて、こたえやしませんよ」

「そうかい。頑丈だねえ」

六十近い珠吉のあと釜を急いで見つけなければならないが、これなら当分、大丈夫かもしれない。

いやいや、駄目だよ。こうして甘えちまうから、いつまでたっても見つからないんだよ。

「旦那、どうしました。なにをぶつぶついっているんですかい」

富士太郎は笑った。

「最近はどうも独り言が多くてねえ」

いったん奉行所に引きあげた。

古参の同僚から、今日の午前は休んでいいぞ、といわれた。

「一晩寝ていないなら、仕事になるまい。一眠りしてから午後に出てこい。代わりは臨時廻りに頼んでおくゆえ」

臨時廻りというのは、定廻りだった者がつとめるのがほとんどだ。歳はかなりいっているが、仕事のできる手練ぞろいで、正直、富士太郎にはまぶしいほどだ。

「わかりました。よろしくお願いします」

実際、富士太郎は眠気に襲われていた。ここはその言葉にしたがうことにした。

大門の前で待っていた珠吉に、その旨を伝えた。

「ゆっくり休んでおくれよ」

「わかりました」

珠吉が行きかけて、足をとめた。

「旦那はおとなしくお屋敷に帰るんですね」

「そりゃそうだよ。眠くてたまらないもの」

「そうですかい。それならいいんですよ」

「珠吉、なにを気にしているんだい」

「いえ、なんでもありません。では、これで失礼いたしやす」

珠吉が歩きだす。しばらくその背を見送ってから、富士太郎も歩を進めはじめた。

珠吉のやつ、なにを気にしていたんだろう。

腕を組んで歩きながら考えた。ああ、直之進さんのところに行くのを心配したんだろう。

大丈夫だよ、行かないよ。

腹は徹夜明けというのが関係しているのか、あまり空いていない。

ほわわ、とあくびが出た。大口をあけていたことに気づき、富士太郎はあわてて閉じた。

まさか直之進さん、いないだろうねえ。今のは見せたくないからねえ。

注意深くあたりを見まわす。

低い雲の隙間から太陽が顔をのぞかせている。その光を浴びて行きかっているのは、出職《でしょく》の職人や籠を背負った百姓、道具箱を担いでいる大工たちだ。

富士太郎はほっとした。そういえば、直之進さんに会ってないねえ。最後に会ったのはいつだったかね。

今、直之進さん、どこにいるのかな。

長屋かな。それとも、米田屋で飯を食っているのかな。

いや、でも最近はそんなに米田屋に甘えていないようだから、やっぱり長屋かな。

行ってみよう。きっと直之進さん、驚くだろうなあ。

朝餉がまだだったら、おいらがつくってあげようかな。

包丁は得意だ。直之進のところに行くと決めたら、現金なことに眠気はどこかに飛んでいた。

いそいそと歩いていると、途中、托鉢している僧侶たちに会った。

ご苦労さまです、と頭を下げて通りすぎようとして、なにかが頭に引っかかった。

なんだろう。急ぎ足で歩きつつ、富士太郎は首をひねった。

わからないねえ。

もやもやしたものを引きずりながら、そのまま歩き続けた。

なにが引っかかったんだろうねえ。

ふと、どこからか子供の泣き声をきいたような気がした。

こうべをめぐらすと、路地で五、六歳と思える男の子がうずくまっているのが見えた。

「どうしたんだい」

声をかけながら、富士太郎は路地を進んだ。男の子は泣きやまない。足を抱えている。

「血が出てるじゃないか」

富士太郎は駆け寄った。どうやら男の子が転んだ拍子に、落ちていた枝がふくらはぎを突き破ったようだ。

血のついた枝の先端が突きだし、富士太郎は自分に痛みが移ったような気がした。抜くのはまずそうだ。血が噴き出るかもしれない。

とにかく、これはおいらじゃ手に負えないねえ。医者に診せないと。

「じっとしているんだよ」

富士太郎は男の子を両手で抱きあげた。路地を出て、通りかかった行商人に近くに医者がいないかきいた。

その行商人は医者の家まで連れていってくれた。

「民次郎《たみじろう》じゃないか」

子供は近所の子のようだ。頭に鉢巻をした医者は一瞬、枝を見て顔をしかめかけたが、すぐに、寝かせてください、といった。

富士太郎は民次郎を横にした。

医者は傷口をよく洗い、抜くのに邪魔になりそうな小さな枝のようなものをすべて取り払った。

「痛いが、我慢しろよ」

民次郎にいいきかせ、一気に抜いた。民次郎が悲鳴をあげた。

血が出たが、そこは慣れたもので、あっという間に血どめをした。毒消しもし、晒しを手際よく巻いた。

「これで大丈夫だろう」

医者は鉢巻を取り、汗をぬぐった。つるつるの頭がそこだけ照らされたようにくっきりと見えた。

「あっ」

富士太郎は琢ノ介からもらった人相書を懐から取りだし、目を落とした。

そうか、気になっていたのは頭を丸めた男だったんだよ。

この人相書の男は柳田屋吉五兵衛というが、月代があり、鬢にも毛がある。頭を丸めているわけではない。

でも、そうだよ、まちがいないよ。

この顔から髪の毛を取り、太らせると。

やっぱりあの男になる。

富士太郎はこの前、正田屋で直之進と会ったことを思いだした。食事を終えたあと直之進の長屋に押しかけようと目論んでいたのだが、直之進が人助けをしたことで、その目論見はあっけなく潰《つい》えた。

そのときやくざ者に絡まれていた男こそ、この人相書の男だ。

「この子のこと、よろしくお願いします」

富士太郎は医者の家を出て走りだした。

直之進の長屋に着いた。直之進はいない。

米田屋に向かう。ここにも来ていなかったが、直之進が今どこにいるかはわかった。

できれば珠吉を呼びたいが、今頃ぐっすり眠っているだろう。

富士太郎は一人、駆けだした。目指すは田端村だった。

そこには、直之進が用心棒をつとめている商家の別邸がある。

八

「もう諏訪社はつかえんぞ」

土崎周蔵は信濃屋儀右衛門にいった。

「奉行所の連中が張っておった。ほかの神社や寺も同じように張られているかもしれん」

「ならば、新たなつなぎの手を考えねばなりませんな」

「いい知恵があるか」

「今は思い浮かびません」

周蔵は、儀右衛門の隣に座っている茂助に視線を当てた。

儀右衛門の忠実な奉公人である茂助は首をそっと振った。主人にないのに手前にあるはずがございません、といいたげな顔だ。

つなぎの手立ては俺の領分ではない、と周蔵は思った。こいつらが考えればすむことだ。なにかいい案をまとめるだろう。

ふと、周蔵は眉をひそめた。

「いかがされました」

儀右衛門がきく。

「しっ」

唇に指を当てた周蔵は腰に刀を差しこみ、立ちあがった。

「二人とも静かにしていろ。ここを決して動くな」


直之進は愕然とし、体がかたまった。

うしろを走ってきた富士太郎も同じだ。目をみはっている。

直之進は、自分の口から出た言葉であるとしばらく気づかなかった。

「どうして」

千勢も驚き、絶句している。よほど急いできたのか、両肩を激しく上下させている。

千勢と肩を並べるようにしているのは佐之助だ。この男はまったく息を切らしていない。もう傷はほとんど治ったのだろう。

佐之助も直之進の治り具合を確かめるような目をしていた。直之進はにらみつけた。

「湯瀬、やる気か」

佐之助の身なりは侍だ。刀を一本、腰にねじこんでいる。

直之進は一歩踏みだした。

「きさまがその気ならな」

佐之助がちらと横の建物を見る。

直之進たちがいるのは信濃屋の前だ。看板がかかっているわけではなく、なにを売り物にしているのかすらわからない。

いや、売り物は米のはずだ。だが、ここには置いてないのだろう。

店はあいておらず、すべての戸がかたく閉ざされている。

ずっとひらいていないのでは、と思わせる雰囲気がある。

「湯瀬、おぬしがここに来たのは信濃屋茂助に用があるからか」

佐之助がきく。

「茂助？　俺たちが用があるのは、儀右衛門という男だ」

「儀右衛門、誰だ」

「きさまに答える必要はない」

「道理だな」

佐之助が再び店に目をやる。

「とにかく、俺たちはここでかち合うことになったわけだ。湯瀬、一緒に入るか」

「とりあえず、互いのことはおいておく。それでいいのだな」

「異存はない。——だが湯瀬、忘れるなよ。決着は後日だ」

「いわれんでもわかっている」

直之進は富士太郎を振り向いた。

「ここで待っていてくれるか」

「それがしも行きます」

「いや、ここにいてくれ。もし逃げようとする者がいたら、ひっとらえてくれ」

「承知しました」

佐之助が千勢になにかいっている。同じようなことを伝えているようだ。

千勢が素直にうなずく。それを見て、直之進は頭に血がのぼりかけた。

そんな直之進を富士太郎が心配そうに見ている。なんとか気持ちを抑えつけて、直之進は戸口の前に立った。

戸を叩く前になかの気配を探った。佐之助も同じように嗅いでいる。

「誰かいるな」

佐之助がいう。

ああ、と直之進は応じた。

「おそらく三人ほどだ」

「湯瀬、なかから手練のにおいがしているぞ」

それは直之進も感じている。例の遣い手だろう。

「待ち構えているな」

「そのようだ」

「湯瀬、おぬしから入れ」

「臆したのか」

「蛮勇は俺には似合わぬ。わざわざ虎口へと顔を突っこみたくはない」

「死にたくないだけではないのか」

直之進は背後に目を向けた。千勢が案ずる瞳をしている。

あの目は佐之助に向けられたものだ。それだけでも腹が煮える。

直之進が目を戻したとき、いきなり佐之助が戸口を蹴った。二度目の蹴りで戸はかしぎ、佐之助は体当たりを食らわせた。

戸は倒れ、佐之助が土間に踏みこんだ。

いきなり剣気が土間にあふれたのを、直之進は感じた。

ぎん、と音がし、火花が散った。

直之進も土間に入りこんだ。

二つの影が激しく交差している。佐之助が躍りかかり、相手も鋭い斬撃を返す。

互角の戦いだ。そのすさまじい打ち合いに直之進は見とれた。

つと佐之助が離れた。やや驚いた顔をしている。

直之進はすでに抜刀している。峰を返すつもりはない。刀が振りづらくなり、この遣い手を相手に太刀打ちできるはずもない。

「きさまの番だ」

直之進は刀を横に振った。男は打ち払い、袈裟に振りおろしてきた。

直之進は受け、胴を狙った。男はかわしざま左に動いて、また袈裟に打ちおろしてきた。

直之進は見切って避け、また胴へ刀を入れようとした。その前に男が跳躍し、天井の高さぎりぎりから刀を落としてきた。

下がってはやられかねないのをさとり、直之進はむしろ前に出た。恐怖が体を包み、全身の毛が立つような気がしたが、負けるわけにはいかない。なにしろ目の前で佐之助が見ているのだから。

強烈な衝撃が腕から体全体に伝わってゆく。

直之進はすぐに胴に振った。男は軽やかにかわし、袈裟に刀を振るう。

直之進は受けようとしたが、背筋に悪寒が走り、体をとめた。

あの妙な間合の剣だ。振りおろされたはずの刀がどうしてか、おくれてくる。いったいなにが怖いのか、という気がしないでもないが、まともに受けたら死が待っているという思いがある。

直之進は下がった。ふっと息を入れた。

佐之助に出ようとする気配はない。じっと男を見ている。

「ここまでだ」

佐之助を見つめ返した男が吠えるようにいい、体をひるがえした。奥のほうに逃げてゆく。

直之進は追った。佐之助がついてくる。

突然、二つの悲鳴が続けざまにきこえた。

直之進は座敷に入りこんだ。佐之助も駆けこむ。

廊下のほうから、板が割れるような大きな音が響いてきた。

直之進はそちらに向かいかけたが、足をとめた。座敷では、二人の商人らしい男が死にゆくところだった。

一人は袈裟に斬られ、肩から腹に大きな傷が見えている。もう一人は返す刀で胸をえぐられたようだ。

二人とも口から血を吐いている。ほぼ同時に絶命した。

口封じをされたのだ。

くそっ。直之進は走りだした。

雨戸が破られ、向こう側に倒れている。直之進はそこを抜け、庭におり立った。

高い塀がめぐらしてあり、裏口らしいものが見えた。

直之進は気配をうかがってから、裏口を出た。あの男はどこにもいなかった。

「足のはやいやつだな」

うしろから声がした。

直之進は振り返り、佐之助を見つめた。佐之助も見つめ返してきた。

一瞬、なにか通じ合うようなものを感じたが、直之進は勘ちがいにすぎぬ、とその思いを地面に叩きつけるように捨てた。

直之進は刀を鞘におさめた。

もともと明るいとはいえない佐之助が、暗い表情をして表のほうへ歩いてゆく。直之進は続いた。

角を折れた。千勢がいる。横に富士太郎も。

だが佐之助がいない。姿を消していた。味な真似を。

直之進は二人のもとに歩み寄った。

「千勢、どうしてここに」

千勢がかいつまんで語る。

「ほう、伯耆屋という米屋のあるじを佐之助が脅したのか」

「ええ、それでこの町をききだしたんです。伯耆屋のあるじは、信濃屋茂助の住みかがどこかは知りませんでしたが、一度この町で見かけたことがあると申したのです」

「それでこの家を捜し当てたのか」

「そういうことです。あなたさまはどうしてこちらに」

以前、直之進の住む小日向東古川町の隣町の西古川町で、やくざ者に絡まれている男を助けた。その男は、やくざ者から手を引くようにいわれていた。

「やくざ者に絡まれていたのが、儀右衛門という人だったのですか」

「そのとき、その男は名乗りはしなかったし、家も教えはしなかったのだが、とにかくその男と儀右衛門を結びつけることができたのは、富士太郎さんの手柄だ」

富士太郎がうれしそうにほほえむ。

「そのことをそれがしは直之進さんに知らせに走ったのですけど、今度は直之進さんが用心棒をしている商家の別邸が、米田屋さんにきいたところになくて、捜し当てるまで往生しましたよ。なんとか村の人たちにききまわってたどりつけたんですけど、直之進さんの顔を目の当たりにしたときにはほっとしたものです」

「苦労をかけたな」

直之進は千勢に目を戻した。

「しかし千勢、利八さんの仇を討つためとはいえ、よくがんばったな」

直之進は佐之助のことは忘れ、素直にたたえた。

千勢が恥ずかしげにほほえんだ。

直之進ははっとした。今の千勢の笑みははじめて見たような気がする。

直之進はその美しさに心を打たれた。千勢のなかで、なにかが確実に変わりつつあるようだ。

それは佐之助のためなのか。

「あの……」

笑みを消した千勢がいいにくそうにした。

「佐之助か。どこかに行ってしまった。案ずるな、無事だよ」

直之進はできるだけ軽い口調でいったが、佐之助と千勢の仲を考えると、心は重かった。


誰も追いかけてきていないのを知り、周蔵は走るのをやめた。

その足で島丘伸之丞の屋敷に向かう。

伸之丞と座敷で会い、顚末を説明した。

信濃屋儀右衛門と茂助の口をふさいだのをきかされても、伸之丞の表情は岩のごとく動かなかった。

「よくやった」

そう口にし、かすかに唇をゆがめただけだ。

「いたし方あるまい。こちらに火の手が及ぶのは避けねばならぬからの」

脇息に肘を預ける。

「しかしその二人の遣い手は厄介よな。除く手立てはあるのか」

「今、考えているところです。二人は仲間ではない、と思われます。一人は精悍な男、もう一人は陰のある男でございました」

しかしあの陰のあるほう、と周蔵は思った。あれは倉田《くらた》佐之助ではないのか。かなり昔の雰囲気と変わっていたが、まずまちがいあるまい。

どうしてやつがここに出てくるのか。

「どうした」

「いえ」

周蔵を見つめてから仲之丞が脇息から身を起こした。

「とにかく周蔵、我らに近づく者、すべて殺せ。それがあと腐れがなく、最もよい手立てよ」

周蔵は平伏した。

「なにごとも殿の仰せの通りにいたします」

伸之丞が満足そうにうなずく。

「それでよい」

九

あの遣い手の脅威がなくなったわけではなく、直之進は的場屋登兵衛の警護を続けている。

やつはどこに消えたのか。

今のところ、調べようがない。あの男の背後はなにもわかっていない。

中西悦之進たちの首実検の末、座敷で口封じをされた男の一人が今は儀右衛門と名乗り、以前、悦之進の父をはめた柳田屋吉五兵衛であるのがはっきりした。

殺されたもう一人は、信濃屋茂助と名乗っていた男だった。おそらく儀右衛門の腹心だったのではないか、ということだ。

儀右衛門がやくざ者に絡まれていたのは、どこかの料亭を無理に買い取ろうとしていたからだろう。

ただ、これで悦之進たちの仇討が終わったわけではない。

「むしろはじまったばかりです」

悦之進は決意をあらわにいったものだ。

その通りだ、と直之進も思う。

儀右衛門の背後には誰かがいる。あの遣い手を操る者かもしれない。

この者を討ってこそ、悦之進たちの仇討は成就するのだ。

「それがしも微力ながら、力をお貸しいたします」

直之進は悦之進に告げている。

「百万の味方を得た気分にござる」

悦之進は喜んでくれたが、どのみち、あの遣い手は直之進の前にあらわれるだろう。

好むと好まざるとにかかわらず、あの男とは決着をつけなければならない。

登兵衛から与えられた居室で、直之進は静かに息をついた。顔をあげ、暗闇を見つめる。

あの妙な間合の剣は確かに厄介だ。

だが、きっと倒せる。倒してみせる。

直之進は刀を抜き、刀身を見た。あの遣い手との戦いを終えたあと手入れをした。あれだけ激しく打ち合ったのに、なんの傷もない。やはりこの刀は業物だ。

刀をしまい、刀架に預けようとして、ふと手をとめた。

引っかかっていることがある。あの遣い手の侍と戦っているとき、佐之助の様子がおかしかったことだ。

あれはどうしたことだろう。

あのときは戦いの興奮で考えがまとまらなかったが、今思えば、佐之助はあの遣い手を知っているのでは、と思えないこともない。

だから鋭鋒《えいほう》が鈍った。

あの遣い手も佐之助に気づいたのだろうか。気づかないはずがあるまい。

二人が知り合いだとして、いったいどんな関係なのか。

それはおいおいわかるだろう。

今は、と直之進は思った。ひたすら前を見つめて進むだけだ。

この作品は双葉文庫のために書き下ろされました。

双葉文庫

す-08-06

口入屋用心棒《くちいれやようじんぼう》
仇討《あだう》ちの朝《あさ》

2006年11月20日　第1刷発行

【著者】
鈴木英治《すずきえいじ》
【発行者】
佐藤俊行
【発行所】
株式会社双葉社
〒162-8540 東京都新宿区東五軒町3番28号
[電話]03-5261-4818(営業) 03-5261-4833(編集)
[振替]00180-6-117299
http://www.futabasha.co.jp/
(双葉社の書籍・コミックが買えます)
【印刷所】
慶昌堂印刷株式会社
【製本所】
株式会社ダイワビーツー

【表紙・扉絵】南伸坊
【フォーマット・デザイン】日下潤一
【フォーマットデジタル印字】飯塚隆士

ISBN4-575-66261-5 C0193